死ぬのもたいへんだ

曽野綾子

まえがき

二〇一七年二月に、私は夫を失った。

その変化の故に、こういう題の本が生まれたというわけでもない。私は人生の半ばにさしかかるにつれ、人生のしまい方をあちこちで見て、自戒の種ともし、新しい発見ともしていたのである。

生老病死は、どれも必然である。

生は別として、昔、一神教の世界では、老、病、死は、その人が現世で犯した罪の結果、すなわち罰と考えられていた。しかしキリスト教が発生してから――聖書的に言うと新約聖書の世界が確立してから――老病死は、人間の生涯の普遍的な結果として受け取られるようになった。

考えてみれば、死ぬのも大変なら、生きるものも大変なのである。人間として生を受けることを、私たちは自ら望んだのでもないが、受けた恩恵には誠実に報いるべきであろう。生まれたことを恩恵と思わない人もいるだろうが、人間として生涯を送るという体験は、なまなかなものではない。私たちはその生の実験に参加する資格を、無償で与えられたのである。

「大変」でよかったのだろう。何でもないと思うと、人間は時間でも体験でも粗末にする。

私は戦前、高年齢になるまで子供のなかった両親の一人娘として生まれた。この子を失うと後ができないだろうと思ったらしい母は、過度に病気を恐れながら子育てをした。まだ抗生物質のなかった時代には、赤痢や大腸カタルなどという病気でも幼児は簡単に死んだので、母はピクニックに行っても、まず私の手指をアルコール綿で消毒し、ついでに持って行ったリンゴの皮まで拭くほど神経質だった。

私は誰に教わったのでもないが、そういう生き方はおかしい、と感じた。折よく戦争が激しくなり、私たちは清潔な暮らしや、食物の自由な選択などできなくなった。私は自分の体を鍛えるのに、それは好機だととらえていたように思う。

私は生活の巾を拡げ続けた。戦後の混乱が治っても、私は何でも食べ、無茶もし、少しは危険の要素を残した途上国へもでかけた。清潔を守り切れる暮らしではなかったが、節制の仕方を学んだおかげで、私は余り病気もしなかった。

しかし途上国では、不足も、不便も、不条理もさんざん見た。「病気になったら、お金もありませんし、この辺には薬も病院もありませんから、死ぬほかはありません」と人々は言う。無料の救急車だの、健康保険だというものは、全く存在しない地域は至るところにある。

学校へ行かない（行けない）ことだの、学齢の子供を、教育機関に通わせるよりは、うちで羊の番をさせようとする家庭の方が多いのは普通である。学ぶより、まず生きる方が優先するからだ。

公共の交通はゼロに近い土地も多かった。途上国で働く日本人のシスターたちは、私の働いていたNGOに、よく小型車を買うためのお金を申請して来ていたが、車がないと彼女たちは、何時間でも埃の舞い上がる道端に立ってバスを待たねばならない。一日に三本か四本くらいのバスはあって、停留所には一応時間表も出ている。しかしそれは全く当てにならない。一、二時間、どころか、三、四時間も遅れて来るのが日常の暮らしである。そのようにして人生は全くむだに過ぎる。だから日本人のシスターたちは車を欲しがったのである。

エレベーターはあっても始終故障しており、手術室なる部屋はあっても隅に砂埃が溜まっており、あらゆる役人はワイロを取る。村長も神父もピンハネをする。そんな土地もざらだった。生活が貧しく、その中で人は身寄りを支えているからだ。

死ぬのも、生きるのも、大変なのである。国が、医療や教育や交通安全や老後の暮らしまで考えてくれる、などという社会は、本当は誰にとっても、夢のまた夢なのである。それでも人々の多くが、家族を深くいとおしみ、これが幸福と思って生きている。

この本が、少しでも、その苦しみと悲しみを掬《すく》いとっていれば幸いなのだが……あまり自信はない。

曽野綾子

二〇一七年四月

死ぬのもたいへんだ　目次

第1章　いまある自分に感謝する
どれだけ本意で生きてこられたか

第2章　自分を「お年寄り」扱いしない
まわりの年寄りをじっくり観察する

第3章

老化も認知症も哀しいけど正視しなければならない

正視こそ成熟した人間の証

第4章

「善《い》い人」と思われなくてもいい
もう浮世の義理をやめて、自分の物差しで生きる

第5章

家族は棄てられない。友人との関係はソコソコにする

依存「する」のも「される」のもあり

第6章

後始末は早くから始めておかないと難儀する

必要なものはほとんどないし、迷惑は残さない

第7章 死のその時まで学びつづける

自分はどういう使命を帯びてこの世につかわされたのか

第8章

もういいだろうと言って死にたい

自分らしく「よく生きた」と納得して旅立つ

装幀・本文デザイン／塚田男女雄（ツカダデザイン）
著者撮影／篠山紀信

第1章

いまある自分に感謝する

どれだけ本意で生きてこられたか

どれだけこの世で「会ったか」で、豊かさがはかられる

すべてのものは移り変わり、過ぎて行く。私たちは生まれ合わせた「時」に、誠実に仕えることが大切だろう。破壊するためではなく、生成のために少しでも働ければ、それだけで人生は成功だったとさえ思える。

『それぞれの山頂物語』

その人の生涯が豊かであったかどうかは、どれだけこの世で「会ったか」によって、はかられるように私は感じています。人間にだけではなく、自然や出来事や、もっと抽象的な魂や精神や思想にふれることだと思うのです。何も見ず、だれにも会わず、何事にも魂を揺さぶられることがなかったら、その人は、人間として生きてなかったことになるのではないか、という気さえします。

『老いの才覚』

自分を無力な者だと規定しない

人間にとって最も残酷なことは、「お前はもういらない」と言われることだ。誰でも病気になり、誰でも年を取るのに、それで差別されるし、自分から差別する人もいる。健康な年寄りなのに、「私は年だからもう働けない」とか「労《いたわ》ってもらって当然」とか、思うことである。

自由な心というのは、現状を直視できるはずである。高齢でも他人のために働けたら光栄なのに、そうしない年寄りがかなりいる。年齢で他人と自分を無力な者だと規定して考えてしまうのはもったいない。

『至福の境地』

どんな運命でも敢然と受け入れる

生涯には、何に対しても自信を持てる時代も必要かもしれない。しかし同時に、自分を哀しく思う日々も実に大切なのだ。その時、肉体は衰えているのかもしれないが、もしその現実にきちんと向き合えれば、精神はかつてないほど強靭に充実している証拠だと、私は思う。

ありがたいことに老年の衰えは、誰にもよく納得してもらえる理由だ。その平等の運命を敢然として受けることが老人の端正な姿勢だと私は思う。最盛期を体験するのも恩恵だが、哀しさを知る時期を持つのも、人間の生涯を完成させる恵みの一つなのである。

『言い残された言葉』

正直なところ、一生はどんな生き方でもいいのである。しかしそこに、その人の生涯をかけて選び取った「一人の人生への対し方」の筋が通っていなければならない。それは、一つの聖域で、何人も侵すことはできない。

『夫婦、この不思議な関係』

人生は、望まなければ叶わない

突然、老年や晩年になるのではない。長い年月の末に、人間はそこに到達するのだ。だとすれば、そうなる前に、人は種を蒔いて置かねばならないのではないか。死の前に、自分はどのような所、どのような風景の中で生きるつもりだったのか、自分で決めておくのが自然であろう。

もちろん、人生は望んでもそうならないことばかりだ。しかし望まないと方針が決まらない。アメリカ大陸を目指すのか、ヨーロッパに向かうのかによって、船の舳先《へさき》の方角の取り方は自ずから違うのである。

『晩年の美学を求めて』

人任せでは自分の一生は描けない

人間は受けもし、与えもしますが、年齢を重ねるにつれて与えることが増えて、壮年になると、ほとんど与える立場になります。そしてやがて、年寄りになってまた受けることが多くなっていく。その時に、人によって受け方の技術に差が出てきます。

『老いの才覚』

自分らしい一生を送るために進路を決めて勉強をする場合も、求める心が強くなければできない。人任《ひとまか》せで自分の一生のデザインはできない。「私を幸福にして」と言う人がいるが、皮肉なことに幸福は与えられるものではなく自分で求めて取って来るものなのだし、同時に人に与える義務も負っているのである。

『幸せの才能』

物以上に存在の大きいもの

「与え」るものは物質だと思っている人も多いだろう。そうではない。知恵、体験、忍耐力、健康、自由、納得、献身する姿勢、悲しみを通り抜ける術《すべ》、不幸を受諾する勇気まで、物以上に力を発揮するものはたくさんある。私たちはそれらの存在の大きさをまだ知っていないように思う。

『なぜ子供のままの大人が増えたのか』

病んでいる人は病んでいるままに、悲しんでいる人は悲しんでいるままに

一日一日をどうよく生きるかは人によって違う。憎しみや恨みの感情をかき立てて生きる人と、一日を歓びで生きる人とは、同じ升《ます》に入れられる時間でも、質において大きな違いが出てくるだろう。

自分のことだけで一日を終わる人は、寂しい。しかし他者の存在を重く感じ、その幸福をも願う人は、死者さえも交流の輪に加わっていることになる。尻枝神父がご自分の周囲のすばらしい人たちの最期に触れ、「微笑《ほほえ》んでいる死」というものがある、と実感を持って語っているところである。

そう思ってみると、死はそれほど恐ろしいものではない。死を恐れるのは、死を前に何もしなかった人なのだろう、ということになる。

インドのイエズス会の修道者だった故A・デ・メロ神父はこう書いた、という。

「精いっぱい生きる日が
もう一日与えられているとは
何と幸せなことだろう」

それ以上の計算は、人間には必要ない。病んでいる人は病んでいるままに、悲しんでいる人は悲しんでいるままに、今日を精一杯生きるだけなのである。

『誰にも死ぬという任務がある』

困難から逃げなかった人はいい年寄りになっている

自分の財産というのは、深く関わった体験の量だと思っています。若い時から困難にぶつかっても逃げだしたりせず、真っ当に苦しんだり、泣いたり、悲しんだりした人は、いい年寄りになっているのです。

『老いの才覚』

できることをどうやってしようか、考えるといい。眼が悪くなった場合、耳が聞こえなくなった場合、歩けなくなった場合を予測するのだ。そして、ついに何もできなくなっても、それで自然と思うことだ。それは悪ではない。罪でもない。いわば自分に責任がないことである。自分の責任でそうなったのでないことには、気を楽にする癖を、初老と言われる年までにつけておくと、便利だろう。

『完本　戒老録』

人に起こりうることは自分にも起こりうる

考えてみれば、誰もが公平に一度ずつ、人生を考えねばならない死の時を持つ、ということは、大きな贈りものなのかもしれない。

若い時にはお金と遊びのことだけ、中年になると出世と権勢以外のことはほとんど考えないという人がいる。しかしそういう人でも死が自分の身辺に近づいて来るという予感がすると、やはり思索的になる。そして思索的になる、ということだけが、人間を人間たらしめるのである。そうでなくて、餌《えさ》（食物）のこと、セックスのこと、縄張り（権勢）のことだけしか考えない人間は、やはり動物と全く同質の存在ということになる。

『誰にも死ぬという任務がある』

「人の世にあることはすべて自分の上にも起こり、
人の中にある思いはすべて私の中にもある」
と私は思っているから、なにごとにも、悲しみはしても驚かないのである。
なにものにもおおっぴらで、なにが起きても仕方なくそれを受け入れる、という姿勢は、いわゆる「快活な」とか「ネアカ」と言われる人の特徴である。それに対して、襲いかかる運命をすべて不当なものと感じ、その不運に襲われた自分を隠そうとする人が「ネクラ」と言われる人になる。私のほんとうの「地」はネクラなのだが、私は意識的に、後天的に、ネアカになる技術を覚えたのである。

『晩年の美学を求めて』

死を考えることは、その人の生涯を香りよくする

私たちは死を認識しているからこそ限りある時間の生を濃縮して生き尽くそうとするし、また死があるからこそ人間のできうることの限界を知り、今持っているもののはかなさというものを知ることができるのです。そのときに初めて、われわれは現世を過不足なく判断することができると思うのです。

『現代に生きる聖書』

日本人はあまりにも死を考えなさ過ぎた。青年たちはほとんど一冊の哲学書も読まない。死はすべて悪いものだ、という決めつけから、死を学ぶ機会もない。せめて素人読みでいいから、ニーチェが「死すべき時に死ね」「人はいかに死ぬべきかを学ばねばな

らぬ」と言っていることを考えたらどうか。死を考えることはその人の生涯を香りよくするし、人は誰でも必ず死ぬのである。

『透明な歳月の光』

人は苦しみの中からしか、ほんとうの自分を発見しない

どんなことからも学ぶ時、人は厚みのある人生を送れるような気がします。不幸によって悪く変わる人もいますが、たいていの人は強く複雑な人になる。人は苦しみの中からしか、ほんとうの自分を発見しない、という気さえします。

『思い通りにいかないから人生は面白い』

老年の苦しみは神から見こまれた愛の証

人間は幸福によっても満たされるが、苦しみによると、もっと大きく成長する。こと

に自分に責任のない、いわばいわれのない不運に出会う時ほど、人間が大きく伸びる時はない。老年に起きるさまざまの不幸は、まさにこの手の試練である。

もし私が、そのような不運に若い時に味わったなら、私はそれをどう処理していいかわからなくて、自殺してしまったかもしれない。しかし、四十年、五十年、六十年あるいはそれ以上の体験はそれを受ける力を用意してくれているらしい。つまり老年の苦しみは（私流に言えば）、神が私たちに耐える力があると見こんで贈られた愛なのである。

『完本　戒老録』

ある年、私たちは自然に一人の婦人が教えてくれるやり方で、全く四肢を動かせない女性に毎日入浴をさせるようになった。

「あなたのおかげで、体の不自由な方、皆が楽にお風呂に入れられるのよ。どうしてこんなによくこつがわかっていらっしゃるのかしらね」

と私は何気なく礼を言った。

「姑に長い間、いじめられましたから」

とその人は言った。しかしその語調には、もはや暗い恨みがましい響きはなかった。

「そうだったんですね。そのお姑さんのおかげで、今、日本のご自宅ではシャワーしか入れなかった人も、こうしてお風呂に入れるようになったのね」

その人の眼からその時、涙がこぼれた。何年もの後の、ほんものの姑との和解の涙だったのだろう。ほんものの平和には、多分苦い涙と長い年月の苦悩が必ず要るのである。


『人生の原則』

自分の弱さを自覚してこそ初めて強くなれる

人間というのはとかく、自分が非常に強く、人並み以上に苦難に耐えられることを誇るものです。その強さはときに、苦労して地位や名誉、豊かな経済力を手にした「サクセスストーリー」とともに語られます。

しかし、初代キリスト協会を作ったパウロはまったく異なる見解を示しています。自分が弱いときに初めて、どう生きたらいいかが見えてくる。同じように弱っている人の気持ちを理解し助けることができるようになる。それはいいことだと言うのです。

『幸せは弱さにある』

自らの弱さを自覚するとき、人間は初めて強くなる方法を見出します。パウロはこの辺《あた》りを知り抜いていて、強さという仮面をかぶった弱い人間にはなりたくなかったのだと思います。

「人間は弱いのが当たり前で、弱さという一つの資質を与えられているからこそ、強くなるためにはどうしようかと考える。弱さは財産であり、幸運である」

そういう考え方を頭の片隅に置いておくだけで、生き方はずいぶんと違ってくるはずです。

自らの弱さを誇ることと、どんな状況でも喜べること、この二つの精神性があれば、かなり厳しい苦難に直面しても、乗り切ることができるかもしれません。

『幸せは弱さにある』

晩年は枷《かせ》が取れて光もさしてくる

よく人は、老年は先が短いのだから、という。その言葉は願わしくない状態を示すものとして使われるのだと思う。しかし私はそう感じたことがない。もう長く苦労しなくて済む。もう長くお金を溜めて置いて何かに備えなければならない、と思わなくて済む。もう長く痛みに耐えなくて済む。晩年はいいことずくめだ。晩年には、人生に風が吹き通るように身軽になる。晩年には人の世の枷が取れて次第に光もさしてくる。

『晩年の美学を求めて』

人の行く方向に行ったら人生では何も見つからないのだ。人の行かない方向へ行けば、静かな小道でいつもの生活が続いている。梅も花盛り、じんちょうげの匂いが高い。平常心が香っていることを思わせる。

『人生の原則』

なぜ賢さを備えているはずの老年が敬《うやま》われないのか

年とった人々は、はっきり言って現在の社会でほとんど尊敬を払われていない。それは社会の中で当然備えているはずの賢さを十分に発揮している人が多くないからだ。どうしてそうなのか、なぜ生きてきた証を晩年に十分に発揮していないのか、私は改めて考えてみたいのである。

『晩年の美学を求めて』

無駄を含んでいるから人生はおもしろい

私の感覚では、人生は無駄を含んでいてこそ深くおもしろくなるのであった。失敗も迷いも共に要る。病気になることもある。それでいいのだ。

『誰にも死ぬという任務がある』

手にした長寿をあつかいきれぬ皮肉

「荒野」が否応なく人間を創り、人間の発見につながるという一方の事実と、「潤沢」がしばしば人間性を腐敗させ、崩壊させるという皮肉に、私もまた正直なところ、いまだにうまく適応できないでいる。人間は長寿を求めてきたが、手にした長寿をどう評価していいのかわからなくなっているのと同じだ。

『貧困の光景』

凡庸《ぼんよう》は一種の大きな幸運である

つまり生きるということは、天才の閃《ひらめ》きによるのではないのだ。鈍重に、「これはなんだろう」とコワゴワ近づいてみて、鼻で嗅《か》ぎ、形を見つめ、時にはそれから舐《な》めてみたり、手でちょっとひっくり返してみてから、決めるべきものなのだ。こういう操作は、犬や猫、多分、イノシシやサルなどがよくやる手順であり、行動なのである。人間はそんなことをしなくても、もっと手っとり早くことを認識する、と私たちは思っているけれど、実は土台抜きで行動を起こして、砂上の楼閣を築く場合が多い。

『晩年の美学を求めて』

私たちの暮らしが、凡庸の範囲内にあったら、私たちはその運命に対して充分感謝すべきだろう。凡庸という状態は、決して当然のことではないからだ。それも一種の大きな幸運である。行方の知れない我が子が一人でもいたら、晩年になって私たちはその子の上に、どれだけ重い心を残して死なねばならないかわからないからだ。

『生きる姿勢』

群の先頭に行く方が前方がよく見えそうなものだが、一番後から行く方が状況をよく理解できることも多いから、世の中はおもしろいのだ。

『人生の原則』

「平凡な場所にいなさい」

平凡な場所にいなさいという知恵は、思いがけなく聖書にも出ている。「招待を受けたら、むしろ末席に行って座りなさい」（ルカによる福音書14・10）末席は静かである。目立たず、いながらにしてすべての人の動きが見える。財力、権力などで、人から抜きん出る幸福というものは、実はそれほど大きくはないのかもしれない。むしろ地面に足のついた平凡で穏やかな空間で、自分らしさを保つことの恩恵の方が、はるかに大きいはずである。

『老境の美徳』

老年は軽薄なくらい新しもの好きであれ

老年は、軽薄なくらい、新しもの好きであっていいのかもしれない。年寄りが、過去の経験を頼りに、カンを働かせて、衰えてきた機能の補填《ほてん》を行なうのはやむをえないが、できるだけ柔軟な観察と、論理立てをくり返す習慣をつけることは必要である。若い人は週刊誌などはあまり読む必要もないが、年寄りには大切かもしれない。

『完本　戎老録』

自分も老人になってみて、私はこの頃、老人の心の自由さを感じます。何か勘違いしてないかって？　もちろん肉体的には不自由になっているのですけれど、生き方自体は自由になるのです。

『我が家の内輪話』

何でも「しなきゃならない」と思うと辛くなる

人生ってね、何でも「しなきゃならない」と思うと辛くなるんですね。「やってみよう」と思えば、どんなことも道楽になる。心がけ一つで全然違います。自分が主体になれば、おもしろがれるし、その分だけ自由になるんです。

自分より他者を重んじる

聖心にいらっしゃるシスターたちですが、彼女たちはさまざまな国から来ています。その多くは日本語ができない。聖心のシスターたちは日本語を学ばないようにしていました。生徒たちの語学力を高めるためです。修道院は芝の白金三光町というところにあって、牛も飼い、畑も作っていました。子どもたちが使うトイレの床に膝をついて磨いてくださっていたりするのです。そういう方たちの生涯というものは、いわば命を賭けたものであって、自分の一生を他者のそれより軽く見て、他者に尽くすということです。

アリストテレスが、「物事を軽く見ることができるという点が、高邁《こうまい》な人の特徴であるように思われる」と言っていますが、自分の一生など大したものではないと思えるということは大したことです。

人でも物でも充分に使いきって死ねたら本望

私の家は、家がそのまま事業所だと言えばそうなのだが、人生が百歳近くまで延びたことを思えば、新しい雇用関係を創出しているのかもしれない。私は、人は死ぬ日までできることを働くのが当然だ、と思っている。働かない動物は、ライオンだって飢え死にする。人間も同じだ。老後や引退後、外国旅行や温泉巡りをして遊んでいればいいというのは、全く甘い考えだという、ある種の人から見たら危険思想を私は持っている。

『響き合う対話』

もちろん、健康上、働けない人にまでそう言うのではない。

死ぬまで、できることをして働くのは当然だという教育を、改めて高齢者にしなければならない時期になっている。

『老境の美徳』

この地球上で命あるものを、私たちはすべて大切に思い、有効に使う使命を持っている。私たちは、自分と他人の命だけでなく、すべて存在するものを、充分に使い切る義務があり、そのための技術も磨くのである。

後年、私の趣味は、継いだり接《は》いだり磨いたり、広い意味で物を直すことになった。壊れたお皿を直して使うために、金継ぎや共継ぎの技術をこれからでも習いたい。指物師になりたかった夢の片鱗《へんりん》は、今でも残っている。

人でも物でも、働き切り使い尽くされたあげく死んだり壊れたりすれば、多分本望なのだと私は思い込んでいる。

『人は怖くて嘘をつく』

人はすべて自分に与えられたものだけを使い切って死ぬのが一番見事なのである。しかしこの点をはっきり認識している人はあまりいないかもしれない。

『誰にも死ぬという任務がある』

穏やかなひとときを与えられる幸せ

本質において、みんなができるだけ気持ちのいいところで暮らし、この古い家を大切にして、楽しくお茶を飲み、夜は早めにゆっくりお風呂に入り、ぐっすり寝て、それだけが私の今日の目的。夜は八時には床について、今日は終わり。朝は四時ごろから目覚めて本を読んでいます。

『老いのレッスン(2)』

第2章

自分を「お年寄り」扱いしない

まわりの年寄りをじっくり観察する

どんな運命からも学べる

ほんとうは、停年後は自由人になれたはずである。勤めに出る必要もない。気の合わない上役の心理を斟酌《しんしゃく》する必要もなくなった。しかし現実には、自由人どころか不自由人になった人も多い。自分のしたいことがわからない。本も読まない。生活に必要な仕事の内容や手順も知らない。自分に必要な身の回りの家事一切ができない。

心がけ一つなのだ。おもしろがれば、すべてできる。すべて自分が主体となり、その分だけ自由になる。

人が自分にしてくれることを期待せず、自分が人に尽くしてやることが、大人の人間の目的だったのではないか。老人でも、病気で死を間近に迎えようとしている壮年でも、その原則にはいささかの変化もないはずである。

『晩年の美学を求めて』

トマス・アクィナスは「存在するものはすべて善である」と言いました。いかなる運命からも学ばない時だけ、人はその悲運に負けたことになります。私たちは「安心して暮らせる」などという、現世に決してない言葉に甘えることの愚を、はっきりと悟るべきなのです。

『この世の偽善』

昆虫のような死も悪くない

小金を持っている老人たちが、自分は何歳まで生きるかわからないから、今ある金を使えないと言って、何にも使わずに、一生倹約ばかりして生きている例は実に多い。むろん、理論としては、人間は百二十歳まで生きる可能性もあるのだが、私は自分がそのような才能があろうとは思えないから、人並みな寿命を推定してその年までに、お金を使い切って死ぬような境遇になれたら、と思う。

老人たちが金に執着する理由は、子供からも社会からも見捨てられた時、最後に頼りになるのは金だけだという考えから成り立っているのだが、それほどのひどい目にあうようになったら、金などあっても何もならない。

もし使い切った後に、まだ命があって、そして、まわりに自分を見てくれる人が誰もいなかったら、その時こそ、もうこんな薄情なこの世に生きていなくてもいいではないか。その時は私は、着たきり雀で、歩き出すだろう。目的はなく、ただ、これと思った方向に力つきるまで歩くのである。途中で雨にあい、力つき、病気になったりしても、老人ならば、そうそう長い間、辛い目にあわなくても、カタがつくというものである。この最後の行進は、本当に最後のものだが、昆虫の死のようで、そう悪くはないような気がする。

『完本　戒老録』

古びた老人か、味のある老人か

自分の毎日に目標を持てば、自然に自分自身がともしびになれる。

『幸せの才能』

私自身は、人生が満たされる条件として「多彩だった」という実感が必要だと思っている。多彩というと、美人の女優さんが、貧しい生まれの中からその才能を見いだされ、名声を得て、多くの人の憧れの的になり、お金を儲《もう》けて豪邸を建て、激しい恋をして自由気ままな暮らしをする、そんなようなことを想像する人もいるのだろう。しかし人生のほんとうの多彩さは、人にもたくさん与え、自分もたくさん受けたという実感だと私は思っている。

世間でもらうものの代表はお金かもしれないが、ほんとうに人間を生かすもらいものは、人間の心であり、人間の関わりである。人間がお互いに心を与え合うことの多い生涯を、私は多彩な人生だと規定している。

『誰にも死ぬという任務がある』

六十になっても、八十になっても、その年の人らしい人間のおもしろさが出せなければ、その人はただ古びていっているだけということになる。中年になり次いで老年になる技術というものは、考えてみるとなかなか味のあるものらしい。

『至福の境地』

ただの老いぼれになってはいないか

八十歳、九十歳になると、ほとんどの老人が何も喋らない。会話という形で新しい驚きや発見を語り合う種もないのと、社会生活がなくなっているから改めて打ち合わせをしておかねばならないようなこともなくなったからだ。だから私は食卓では、できるだけ喋るようにしている。くだらないことならできるだけくだらなく、くだらなくても興味を持ち、くだらないと認識しつつ喋ることが大切だと感じている。それができなければ、老いぼれなのである。

喋らなければ会話で行き違いを生じることもないのだが、会話は人間であることの計測器だとしみじみ思う。うまく喋れない人、会話を大切に思わない人、怒りながら喋る人、自分が喋る相手の心をほとんど推測しようとしない人は、皆気の毒だ。

老人になってからも、昔のように前面に出たがる人というのも困りものです。前向きでいい生き方かもしれませんが、人には育てられる時期と育てる時期があります。若い頃は、能がなくても年上の人が押し出してくれました。年をとったら、今度は自分たちがそういう立場だとわからなくてはいけない。大局に立って、その時その時の自分の位置を確認しながら、若い人の出る幕を作ってあげるべきでしょう。それが、年を重ねた者の才覚です。

『人間関係』

『老いの才覚』

「美老年」になる道は険しい

年を取っても美しい人たちに私はたくさん会った。それらの人たちは、何よりも勉強をし続けて、教養があった。だから会話の範囲も広く、立ち居振る舞いにも優雅さと緊張があった。それが年齢や美醜をこえた魅力になっていた。

九十歳になっても、背負い籠をしょって、田舎の道を畑まで通う老女にも美しい表情があった。彼女は本も新聞も読まないが、社会の中で、自分の運命をしっかりと受け止めてきた人だった。美老年になる道は幾つもあるが、同時にどれも険しいとも言える。

『自分の財産』

年をとったからといって偉くはない

私は高齢者が自分の気に入った施設に入って三度の食事を自分では作らなくて済むようになることを、長年の夢とし、家事からの解放を楽しむことを一概に悪いとは言わない。健康状態が家事労働に耐えられなくなったらすべての人がそうするより仕方がない。自分ではできると思っていても、ぼけて火を使われることは危険で困る、と周囲が危惧を覚えるような状態になることもある。しかし人間をも含むすべての動物は、最後まで歯を食いしばって自分で餌の調達をすることがむしろ自然だろう。そして私のような性格は、恐らく食事のことを心配しなくてよくなったら、急速に老化が早まるだろう、と思うのである。
私たちは高齢者の陥り易い落とし穴を考えてみてもいい。人は誰でも多かれ少なかれ、年を取ると偉そうにしていることを許されるのだ。別にいいことをしていなくても、日本的美風が残っていればの話だが、年齢が一番上になるほど、上座に据えられる。お茶も最初に供される。「お寒くないですか？」と気にされ、階段を昇り降りする時には荷物も持ってもらえる。こういう習慣は日本的美風としても続けてほしいものである。しかし高齢者がそれによって自分は偉いのだと勘違いしたら愚かだと言わねばならない。

『晩年の美学を求めて』

高齢は「資格」ではない

高齢者は、だんだん体力もなくなり、病気が増えるんですから、いたわるというのは原則です。

しかし、年金、健康保険、介護保険などの制度が整ったからといって、「その権利をフルに利用しないと損だ」と口にする人がいます。

私はそうなりたくない。できれば健康でいて、自分が使える健康保険のお金は使わずに、身体の弱い方に回したいんですけどね。

高齢者という存在は、「資格」じゃないんです。その上に乗っかって楽をしようという姿勢は美しくないです。高齢者も普通の人間ですから、生きている限りは毎日働かなくてはならない、と私は思っています。

昔から、「お爺さんは山へ芝刈りに、お婆さんは川へ洗濯に」と物語は始まっているでしょう。そのような厳しい生活が死ぬまで続くのが、人間の生き方として普通なんですよ。

『週刊ポスト』「昼寝するお化け」2014年3月21日号

甘えとは、このぐらいなら許されるだろうとたかをくくることである

理想と現実を混同するのが、日本人の精神的姿勢になった。或いは人に頼り、自分に

は力がないのに、他人と同じことを要求するのが人権だということになった。
『弱者が強者を駆逐する時代』

甘えというのは、このくらいのことは大丈夫だろうとたかをくくることである。
『夫婦、この不思議な関係』

老化が進んだ人間は、わずかな金銭、品物から手助けに至るまで、もらうことには異常とも思えるほど敏感です。そういう人は、いくらでも見かけます。
『老いの才覚』

鬱も老化も、労《いたわ》られ守られ解決策を授けてもらうこと、つまり「受けること」は期待しているが、自分が庇護《ひご》し守ってやるという大人の立場からの「与えること」は全く眼中にないのである。

思えば戦後の教育のすべてが、要求することであった。他人のために働くことや、国家に奉仕することは愚かしい悪いことであった。聖書が言う「友のために自分の命を捨てること、これ以上に大きな愛はない」という、人間の自由意思の極限の姿を示した行為（したがって我々凡人にはなかなか実行できない境地）も否定され続けてきた。

だから受けることにしか興味がない、という精神の幼い壮年や老年ができても仕方がない。ただ、国家や医師や社会の組織が用意する「与えるだけの癒やし」では鬱の苦しみもぼけも本質的には救えないような気がする。鬱を治し老いを防ぐのは与える充実感を教えることなのだから。

『自分の財産』

接していて常に楽しい老人であれ

しかし老人教育でもっとも必要なことは、接していて常に楽しい老人になれ、ということだろう。老人はいつも明るく感謝をして、身ぎれいでなければならない。額に青筋を立て、暗い表情で、自分の病気の話と、身内の悪口しか話題がない老人の傍には、誰も近寄りたくないのが当然、ということを、改めて教える必要もありそうだ。

『不幸は人生の財産』

「礼を失さない」は、愛の行為の一つ

面白いことに、聖書は、他人に無作法をしないことを、愛の一つの姿勢だと位置づけている。「コリントの信徒への手紙一 十三章」にそのことがたった一言触れられているのを知った時、私は真実驚いたのである。

「(愛は) 礼を失せず (十三・五)」という一言だ。

神は常に真実を知っていらっしゃるものだから、人間は自分を飾る必要はない、他人の眼を気にすることはない、というのがそれまでの私の基準であった。ところが神は、人間同士の愛のあるべき姿の中で「礼儀を失わないこと」を望まれるというのである。

『人間関係』

人間は毎日ボヤきながら「餌」の心配をして生きるのがいい

今の社会の生活はその原則からみるとどこか狂っています。年を取れば年金で旅行に行ったり、趣味の教室に通ったりして、ほとんど遊んで暮らしてもいいと考えている人が多くなりました。それを可能にしているのが、社会の仕組みです。駅前まで行けばおかず屋があり、コンビニでお弁当が売られ、一家の主婦は食事の支度をしなくても毎日が過ごせるのです。さらに少し経済力があれば、健康に問題のない人でも、大食堂のついた老人ホームで過ごす老後を夢見るようになりました。どうもそれは、間違いのように私は思っています。人間は死ぬまで毎日ぼやきながら、自分の「餌」の心配をして生きるのがいいように私は思っているのですが。

閑《ひま》ほど辛いものはない、と言った人もいます。年寄りになっても働きましょう。私は貧乏性なのか、その方が楽しいだろう、と思っています。

『我が家の内輪話』

たいていの人は、熱が出たら様子を見にきてくれたり、おかゆを作ってくれたりする親切な友人や家族に囲まれて暮らしていると思います。しかし、生活をするのは自分自身だということを肝に銘じておかなくてはいけません。

『老いの才覚』

老人の味をうまく引き出すスープ

どんなできそこないの野菜にも独特の味がある。その味を引き出せば立派に存在の意味がある。そのくずのような端っこでもスープに加えれば、オーケストラの楽器のように、独特の味を出す。

捨てられるところだったものを生かすという道楽は、この世に尽きない。お金もほとんどかからないのに、腕の見せ所は無限にある。

老人世代に職と生きがいを与えることは、政権の一つの義務だが、こういう再生作業所を各地に設ければいいのに、とも思う。

老化を防ごうと思ったら、引退してはだめなのだ。別に若ぶる必要もないし、老年はすべてゆっくりでいいのだが、普通にするべき生活から身を引いてはだめになる。

『産経新聞』コラム「透明な歳月の光」2016年4月13日

普通の大人なら年を取っても料理、洗濯、掃除は男女に拘らずしなければならない。精神面では、本を読み、社会の出来事に感心を持ち続けることが平凡な暮らしだろう。

『週刊ポスト』「昼寝するお化け」2009年1月16・23日合併号

存在がおもしろく、輝いて見える人

その存在が、自然でおもしろく、輝いて見える人間というものは、やはりさまざまな意味で、自立している人、個人で毅然《きぜん》として生きている人である。

理由は簡単なのだ。もし誰でもいいが、その人が誰かの世話になっていると、どうしても他人の生き方の趣味が加わってしまうから、その人は一体どういう人なのかわからなくなるのである。

晩年に美しく生きている人というのは、できればごく自然に、それができなければ歯を食いしばってでも、一人で生きることを考えている人である。

『晩年の美学を求めて』

お金もためて出さないのは健康によくない

高齢者はまもなく死ぬのである。お金は自分の老後の生活を成り立たせるために堅実に貯《た》めていたのだろうけれど、貯めるだけが能ではない。お金に限らず、溜めて出さない状態というのは、健康にもよくない。むしろ自分の納得する目的に、少しでも出す暮らしをして、自分の魂を養い、社会の流通をよくするのがいいと思う。

国立市に、匿名で一億円を寄付した夫妻がいた、と新聞は報じた。若者の海外留学や語学教育の支援のための基金を創設したい人だという。

『人は怖くて嘘をつく』

寝たきりになっても人に与えられるものがある

人間は生きている限り、自分の持っている財力か気力か体力かを使って、他の人に与え続ける。たとえ寝たきりになったとしても、喜びは与えられる。介護してくれている人に感謝の気持ちを伝えれば、相手はすごく喜ぶ。それは、人の役に立たなくなった老人の最後にできる人間らしさ、一つの成熟の形だと思います。

『日本人はなぜ成熟できないのか』

老人を自立させることは、虐待でも惨めなことでもない

どうして人間は、人並みな知能と体力に恵まれて生きて来たのに、早々と他人に頼る生き方に見切りをつける賢さが完成しないのだろう。ましてや高齢者は、長い人生を生きて何より経験が豊富なのだから、他人が自分の思う通りにやってくれない、というよ

うな単純なことくらい、早々と悟ってもいいと思うのである。

『晩年の美学を求めて』

老人といえども、強く生きなくてはならない。歯を食いしばってでも、自分のことは自分でする。それは別に虐待されていることでもなければ、惨めなことでもありません。だれにも与えられた人間共通の運命なのですから。

『老いの才覚』

高齢であろうが夫婦であろうが、つつしみといたわりは人間としての基本

高齢である、ということは、若年である、というのと同じ一つの状態を示しているだけにすぎません。それは善でも悪でもなく、資格でも功績でもないのですから。

『老いの才覚』

家庭内の表現には、夫婦であろうが、親子であろうが、気楽さと、慎《つつし》みと、労《いたわ》りと、折り目正しさがいる。年をとろうが、そのどれ一つが欠けてもいいというものではない。

『完本　戒老録』

不機嫌にふるまうのは純粋な悪

高齢者になって、私が自由を得たという点は幾つかある。もういつ死んでもいいのだから冒険をしてもよくなったということと、高齢者に対する辛口の批判を言い易くなったことである。

自分が若いと、高齢者批判は、純粋に悪口にしか聞こえない。しかし私自身が批判を受ける対照群に入っていると、ことは少しおもしろくなる。

ここ一週間ほど、私は時々落ち込んでいた。帯状疱疹《ほうしん》に罹《かか》って、痛み止めの薬づけになった日があったからである。

その間つくづく、病人であろうと老人であろうと、暗い顔をして機嫌が悪いということは、社会や家庭において純粋の悪だということを実感した。病人なら仕方がない。年をとったら口もきかず仏頂面をしていても当然、という一種の優しさが世間にはある。しかし人口の約四分の一だか三分の一だかが高齢者になる時代に、そんな機嫌の悪い人がたくさん世間にいられたらたまらない、というのが私の素朴な実感だ。

『人は怖くて嘘をつく』

失ったものではなく、あるものを大切に数え上げる

いいことは、ろくでもないことと表裏一体をなしています。言い換えれば、悲惨さの中にも笑いや希望は残されている、ということです。むしろ、それが人の世の常というものだから、地震や台風がこなくても、「安心して暮らせる」生活などあり得ないのだし、どん底の不幸の中にも一点の感謝すべき点を見出せる人もいるんです。

人間なら、常に備えて、あらゆる可能性を想定し、対処法を考えておくことが必要だと思います。

『思い通りにいかないから人生は面白い』

老人にも大きく分けて二つの生き方がある、と私はよく思う。得られなかったものや失ったものだけを数えて落ち込んでいる人と、幸いにももらったものを大切に数え上げている人がいます。さまざまなものを失っていく晩年こそ、自分の得ているもので幸福を創り出す才能が必要だと思います。

『老いの才覚』

「晩年」には詩的な静けさがある

老後のことを熟年という言葉で表現する言い方があるが、私は自分には似つかわしくない、と思っている。なぜなら私はかつて熟した人間であったことがないし、これからも熟さぬままに干《ひ》からびるに違いないと思っているからである。

私が好きな言葉は「晩年」である。晩年は何歳でもあり得るし、ある詩的な静けさと優雅さを感じさせる。私は今、晩年の初めにいると思っている。私は死を思わぬ日は一日もないが、過去の話ばかりするようなことは全くない。私はまだ、今日と未来の真只《まっただ》中《なか》にいる。しかし揺《ゆる》ぎなく晩年である。

もっともこの晩年という言葉は、私より少し若い世代の女医先生からは、不適当、と笑われた。晩年というものは、もう少し枯れて品位のあるものだそうである。

『完本 戒老録』

「アンヨがおじょうず」に甘んじられるか

老年になってもできる仕事だから、といって、最近高齢者にも下手な詩や和歌を作ることが許されている。あるいは、おじいちゃんやおばあちゃんの描く絵だからといって、大して上手でもない作品がもてはやされることもある。

作品は年に関係ない。何歳であろうと、下手ではいけない。老齢の故に過大評価される風潮が、成熟しない大人ではなく、退化した人間を如実に見せつけるようになったのは最近である。「アンヨがおじょうず」とはやされるのは幼児ならいいが、老人にそういう甘やかされ方を許してはいけない。

『人間にとって成熟とは何か』

エピクテトスは二千年前から「健康に長時間費やすのは愚」と説いている

古代ローマの思想家エピクテトスの『要録』の中には、私たち老人たちも心すべきようなことがちゃんと書かれていておかしくなった。

年を取ると、健康を維持することに、たくさんの時間を取るようになる。朝から健康にいい、と言われていることしかしていない人までいる。

エピクテトスはそうした現代人の出現を二千年も前から予測していたかのようだ。彼は次のように書いている。

「肉体にかんする事柄で時間を費やすこと、たとえば、長時間運動をしたり、長時間食ったり、長時間飲んだり、長時間排便したり、長時間交接したりすることは、知恵のないしるしだ」

『至福の境地』

「お直しします。ただし性格以外」

私は今でも遠い外国で、日本食に飢えている僅《わず》か数人か十数人の日本人のために「手抜き料理」と書いた日本食の小料理屋をやりたいと思うことはある。その土地で採れた材料だけでどれだけ日本料理が作れるか、と考えるのは楽しい挑戦なのだ。

他に「お直しすべて」という看板の店を出せる人は羨《うらや》ましいとも思う。しかしその場合、ただし書きもつけなければならない。「お直しすべて。ただし性格以外」である。

『自分の財産』

第3章

老化も認知症も哀しいけど正視しなければならない

正視こそ成熟した人間の証

人間は嫌なことをしていないとばかになる

人間は嫌なことをしていないと多分ばかになる。なぜなら、それが生きる世界の実相だからだ。

『晩年の美学を求めて』

命をいとおしむようになる、というのは、もしかすると老後の特徴だろうか。そういう気もするが、それならそれで、私はその境地を楽しみたい。私は何でもその年齢に一番合ったことをするのが好きだ。それでこそ無理なく輝けるのだ。

『緑の指』

どういう年寄りになりたいか。私は折りにふれて考えるようになった。年をうまくとるという作業は、年をとってから始めたのでは遅いのではないかとも思う。子供の時に大人になる準備をするように、老人になるために人間はもしかすると中年から、多少学ばねばならないのではないか。もっとも、準備したからといって、決して「備えあれば憂《うれ》いなし」ということにはならない。今の老人の世代も中年の時、戦前の日本の社会形態をもとに老年の生活設計をしたはずであった。お金を溜《た》め、自分が姑《しゅうとめ》に仕《つか》えてやって来たように、自分が年をとれば、また嫁が仕えてくれるだろう、と考えて来たに違いない。

経済上でも、意識の上でも、彼らはことごとく計画が狂ったのだ。

しかし、私はその点で、その世代の人たちに特に同情しようとは思わない。逆に、計画どおりになった人生などあるものだろうか。

『完本　戒老録』

人とお皿は使い込むほど味が出る

年寄りというものは、本来知恵者なのである。若造たちには思いつかない、深遠な判断、複雑なものの見方、巧者な解決も考えられる体験を踏んで来た人たちのはずである。

その力量を見せてほしいものだ。

『言い残された言葉』

皿小鉢が増えたら、一生に一度も使わなかったという食器ができてしまう。使ってやってこそ、お皿も喜ぶのだし、通は、「お皿は使いこむといい味がでるもんですよ」などとも言うのである。お皿も人も、充分に使って役だててこそ、持ち味が出るというのはおもしろいことであった。

『中年以後』

部分死は本番の死を受け入れる準備である

私は、生きながら人間を失っていく人もたくさん見てきました。大儀で口を利かなくなる、耳がよく聞こえなくなる、反応が鈍くなる。そうやって、老いと共に、長い時間をかけて部分的に死んでいきます。この部分死が存在することを承認しなくてはならないし、それが本番の死を受け入れる準備になるのでしょう。

耳が遠くなれば、補聴器を付けたりして少しは改善することができます。しかし、もし私が歩けなくなったら、どこへも行けなくなるという意味で、足から死んでいくことになるのでしょう。餌を取れませんから、動物だったらもう死ぬ運命です。

昔、ある物理学者が、私が失明するかもしれない眼病になった時に、こうおっしゃいました。「目が見えなくなったら、死ぬべき運命なんですよ。なぜなら、動物としては、餌を取れなくなれば死ぬよりしょうがないから」と。私は、そういう率直で科学的なものの言い方をする人が好きで、ああ、なるほど、と感心したものです。

でもそれから間もなく、私は、その先生が総入れ歯だという非常にうれしい発見をしてね、逆襲したんです。「歯がなくなったら、動物としては死ぬ運命ですよ。餌を取ってきても食べられませんから」と。お互いに、「動物じゃなくてよかったね」というのが結論です。動物としての運命をそこで承認し、納得しつつ笑えばいい。

『老いの才覚』

哀しみから生まれるユーモア

六月の初め、あなたは夜中に転倒して顔を打ち、血まみれになりました。幸い、それ以上の異常はなかったのだそうですが、右目の周囲に青い痣が残りました。

それで私は言ったのよね。

「あなた、ここしばらくは楽しいでしょう。その顔じゃ、誰もがまず『三浦さん、どうしたんです?!』って聞いてくれるでしょう。そうしたらあなたは『ええ、女房に殴られたんです』と言えるじゃない」

その時のあなたの嬉しそうな笑顔ったらなかったんですよ。そう言えばこそ、病院の看護師さんは優しくしてくれ、最近はあまり行かないでしょうけれど、もし昔みたいにバーにでも行っていたら、さだめしホステスさんたちにもてたでしょう。少しおそすぎましたけどね。

『我が家の内輪話』

ユーモアは人生最高値の芸術である

ユーモアというものは一般に、現実をごまかしなく正視するところから生まれる自由な精神の表現なのですが、上質のユーモアがなかなかないのは、人生を達観する人がそうそう多くはないからです。だじゃれはいくらでもできますが……。しかし、もう生の持ち時間もあまりないということが見きわめられれば、そして残される人々に最後の温かい記憶を残して死にたいと思えば、ユーモアは人間の最期にもっとも相応《ふさわ》しい芸術となりましょう。私はほんとうは何もかも、軽く軽く過ごして行きたいのですね。死も別離も。何ごともなかったかのように。

『旅立ちの朝に』

我が家の夫には、いつもだまかされる

私は今、夫の看護人をしています。腹の立つこともありますけど、悪気のない老人で

す。憎らしいことを言っておいて、「ありがとう」とは必ず言うんです。その一言で傍の人はだまかされてます。

『Voice』「私日記」2016年9月号

我が家の夫は、秘書たちがおやつの和菓子を食べ終わってから、

「君たち、太ったよ」

と過去形で言う。先に言うと食べないから、食べ終わった後で言うのがいやがらせのコツなのだそうだ。惚けているふりをして、けっこうワルなのである。すると秘書たちも負けずに言い返す。

「先生、今の言葉はそれだけで、今じゃセクハラになるんですよ」

と脅しているが、ボケ爺さんは、何と言われても平気である。彼は言葉だけでよさも悪さもするのが好きなのだ。我が家では、今はもう六十代になった秘書たちが二十代の頃から、こういうやりとりだった。


『週刊ポスト』「昼寝するお化け」2016年4月29日号

危険なジョークはパンチの効いた上質なスパイス

老年でも訓練と知的刺激を相手に与え続けることは大切なのだ。夫は日に7回も転んだ日があって、それ以来、歩くのがひどく下手になったが、食事もトイレもすべて自分でする。食べるという本能の前には、人間はかなり無理をしても動けるのかもしれない。だから、できるだけ自分で食事を取ってもらう習慣を続けることだ。優しく食べさせてあげることが、必ずしも親切ではない。

川崎の老人ホームで、高齢者3人が連続して4階と6階から落ちて死ぬ事件があった。事故にしては不自然なので警察が調べると、介護人の若い男性が、わざと突き落としたのだと判明した。理由は、その中の男性の老人が、お風呂に入ってくださいと言われるたびに、頑固に拒否して扱いに困ったからだという。

このニュースを聞いた時、私はすぐ夫を脅して、言った。

「ほら、ごらんなさい。お風呂に入るのをいやがると、4階から突き落とされるのよ。

あなたも用心した方がいいわよ」

うちでは落とすとしたら、犯人は私しかいない。しかし、2階までだって運び上げるのはウンザリだし、そもそもうちには4階がないのだ。

私の友人のご主人は、お風呂に入っても背中を洗わない。そして注意されると、「僕は生まれてこの方、背中を洗ったことはありません」と威張っているのだという。可愛《かわい》くないお爺《じい》さんばかりだ。

しかし、危険なジョークというものは頭を活性化させる。老人にも認知症にも必要な塩味だ。うちでは皆が、何十年と危険なジョークを口にして笑って生きてきた。

夫は最近、「4階に住んでいる奴《やつ》には、注意しとこう」と言うようになった。それでこそ彼らしいというものだ。

『産経新聞』コラム「透明な歳月の光」2016年6月29日

「すぐ怒る」は狭量な自分の考えに囚われる幼児性の現れ

年を重ねた人は、世間の事柄を分析することと、その奥にある密《ひそ》かな理由を推測することに長《た》けて来る。或いは若くとも、病苦やほかの苦労がたくさんあると、決して自分中心の考えに囚《とら》われることもなく人生を観られるという偉業を果たすようになる。いずれにせよ、簡単には怒れなくなるのだ。心身共に未熟な時、人はすぐ怒る。この頃は、分別盛りの中年にも、世故《せこ》に長《た》けたはずの老年にも、すぐ怒る人が増えたような気がする。それは自分の立場・見方だけに絶大な信用をおく幼児性が残っているからだ。

『晩年の美学を求めて』

「愛している」と同じ行動を取るのがほんとうの愛

晩年も感謝して明るく生きることである。いや、もっとはっきりいえば、心の中は不満だらけでも表向きだけは明るく振る舞う義務が晩年にはある。心から相手を好きではなくても、愛しているのと同じ理性的な行動を取ることだけが、むしろほんとうの愛なのだ、と聖書が規定しているのと同じである。長く生きた人々は、或いは病気で苦労した人々は、それくらいの嘘がつけなくてはならない。

『晩年の美学を求めて』

どんなに辛くても周囲を気遣うぐらいの嘘はつく

耐えるということは、一種の嘘をつくことだ。辛《つら》くてもそういう表情をしないことだから、そこにいささかの内面の葛藤は要る。他人が不愉快になるだろうから、できるだけ明るい顔をするということは本来一種の義務なのだが、そんな嘘はつかなくていいという人もいる。またそうしたいと思ってもできない状況はあるのだが、私は改めて子供には日常性を失わないで済むだけの嘘をつく（耐える）気力を教え、大人や高齢者にはどんなに辛くとも周囲に対して我慢と礼儀を尽くせ、という教育をしなおした方がいいと思うようになった。

『人は怖くて嘘をつく』

誰でも、たとえ心にどんな悲しみを持っていようが、うなだれずに普通に背を伸ばして歩き、普通に食べ、見知らぬ人に会えば微笑する。それこそが、輝くような老年というものだ。馬齢を重ねたのでないならば、心にもない嘘一つつけなくてどうする、というものだ。この内心と外面の乖離を可能にするものこそ、人間の精神力なのだろう。それは雄々しさと言ってもいいかもしれない。

『最高に笑える人生』

誠実とは、「もののあはれ」を知って共感すること

人生は、技術ではない。人生には誠実がいる。ただ誠実というのは、自分はいいことをしている。嘘をついてはいない、などという単純な自信に満ちることではない。誠実とは「もののあはれ」を知っていることだ。といっても、今の若い人にはわかるかどう

かわからないが、別の言い方をすれば、共にこの世には哀しさがあると感じていることだ。この共感がある時初めて「シンパシイ（同情、共感）」が生まれる。

『至福の境地』

むしろ看護人は怠けるぐらいでちょうどいい

老人介護の「いい加減は主に手抜きを指す。しかしそれが結果的に見ると最上の方法になっている場合も多い」私の狡さは、逃げ道、すなわち長続きする道をいち早く発見したことだ。

やろうと思うこと、やるべきことでも嫌になったりくたびれたら止める方が自然なのである。それを完璧にやろうとすると、看護人は追いつめられくたびれ果ててすぐに投げ出すことになる。むしろ看護人は怠け者の方がいい。精神において、厳密の美に陶酔するより、怠けが好きという自覚があった方がいい。

『週刊現代』「自宅で、夫を介護する」２０１６年10月29日号

いつか湯船に入ることをあきらめてシャワーにする

人には決して強要しないけれど、私はいつか湯船に入ることを諦める日を、自分で決めようと考えている。その代わりまるで電話ボックスのような形で、中にゆったりと座る場所もあり、上から経済的にお湯の降ってくるシャワーの装置が欲しい。その温かい滝の中に贅沢に何分か座って、サウナのような気分になり、清潔さも保てる。老年はそれで満足しなさい、と自分に命じてもいる。何しろ途上国にはお湯を使う設備さえ持たない人がほとんどなのだから、季節にかかわらず温かいお湯で心地よく体を洗えるなどということは、むしろ法外な贅沢なのだということを、私は百カ国以上の途上国を旅しているうちに知ったのだ。

人を湯船に入れようと思うから人手も装置もかかる。しかし安全なシャワーなら、老人を毎日入れても大して介助を必要としなくて済む。

『老境の美徳』

人は、老人になって初めて一人では生きていけないと知る

病身の高齢者を支える任務は、日本人の一億人が、死ぬまで働いて支えねばならない仕事になってきている。私は今、九十歳に近い夫の看護人を務めながら書いているが、つくづく家にいてできる「書くという仕事」でよかったと感じている。私が高齢者の世話をするのは、これで四人目なので、看護人として手抜きのこつも心得てきたからである。他の三人は、実母と夫の両親で、三人共、自宅で老い、自宅で息を引き取った。二、三十年前の事である。その頃より介護用品は格段に便利になったが、明らかに高齢人口は増え、介護の人手は減った。

今総理の「一億総活躍社会」という言葉を笑っている人は、多分、老人世代の介護をしたことのない人だろう。老人は日々生きて行くのに人手なしにはできない。しかもその自覚がほとんどない。

老人になって初めて、人は一人で生きていけないことを知るのである。それまでは、

一人で生きてみせるなどと児戯に等しいことを言っている。安倍首相は、日本人は「死ぬまで働かないと日本はやっていけない」ということを、婉曲に言われたのだ。それをわからない人が悪口を言っている。すべては「やってみなきゃわからない」ことなのだ。

『老境の美徳』

今のところ、私の周囲を見回していて気づくのは、「安心しない」毎日を過ごすのが、一番認知症を防ぐのに有効そうに見える。誰もご飯を作ってくれない。誰も老後の経済を心配してくれない。誰も毎朝服を着換えさせてくれない。誰も病気の治療を考えてくれない、という状況がぼけを防ぎそうだ。

要するに生活をやめないことなのである。

『人間の愚かさについて』

❦人に頼るにも限度がある。一人で暮らせるように自分を鍛え続ける

日本の高齢者は、何の覚悟もないままに、高齢という試練の時を迎えた。政府が、或いは誰かが、この難問を解決してくれるだろう。まさか飢え死にはさせないだろう。動けなくなったときには、誰かが助け起こしてくれるだろう。道端にほっておくこともしないだろうから、その時にはどこかの施設に入れてくれるだろう、と老齢世代はあくまで他人を頼ってきたのである。

事実はその通りかもしれない。自分で何とかしようにも、体が動かなくなるのが老齢なのだ。日本人の多くは優しい心を持っているし才覚もあるから、できるだけの援助はするだろう。しかし高齢者の比率が増えれば、人に頼るにも限度があるのだ、ということは誰も言わなかったのである。

『想定外の老年』

何歳まで生きていられるかを考える必要はないだろう。しかし生きている限り心身共

に人の迷惑にならないためには、自分を鍛え続けなければならない。それには一人で歩き、一人で荷物を持ち、一人で考え、一人で暮らすことを工夫することだ。それを実行している見事な老人を、最近はよくあちこちで見かけるようになった。

『不幸は人生の財産』

人生は、自分のありようを正視する力にかかっている

老年でも青春でも、濃密な人生を生きられるかどうかは、自分のありようを正視する力にかかっている。しかし一見簡単なこうした操作も、勇気と心の健やかさがないと、恨みや憎しみに乗っ取られて、少しも平明に見ることができない。少し間違うと、老年は悲惨そのものの解決方法でしか答えが出せないという極論に走るかもしれず、それを賢く食い止める任務が先頭走者の日本人にはあると思われる。

老年は体力が落ち、病気もしがちになる。自分がいつまでも若くあらねばならないと無理をしたり、病気には全く意味がないと思ったりする人は、そこで躓《つまず》いてしまう。し

かし人間は、あらゆる立場から学び、賢くなることができる動物なのである。

『自分の財産』

肉体の老化とは別に、精神の分野は、五十代、六十代のほうが、三十代、四十代より明らかに複雑になっている。五十代がおもしろいなら、六十代はもっとそうであろうし、ぼけずに七十代に入《はい》れたら、さらにおもしろくなるだろう。そういう恵まれた人たちは八十代、九十代にもみごとに生きられるということに、挑戦してみたくなって当然である。

それゆえ、どこで人生を打ち切るかということは好みによる。その人の精神と肉体の強さにもよる。しかし医学も、長生きさせればいいということで済まなくなったのは、おもしろいことである。

『完本　戒老録』

独りの生活を若い時から覚悟しておく

認知症が増えたのは、年寄りがまず自分で料理をしなくなったからだろう、と私は思う。それでいてぼけ防止のために、塗り絵をする、パズルを解く、新聞の社説を書き写すなどと甘やかしたドリルをさせる。

野生動物は、どんな種でも自分で餌を取らなければ、飢えて死ぬ。人間もまず自分で餌を作ることが生きる基本だろう。ライオンやワニのように捕食して他の生き物を捕らえなくても、人間はマーケットに行けば手軽に食べられる食材を手に入れられるのだから楽なものだ。だから年寄りには、最後まで自炊を覚悟させることだ。

自分でしなければ、誰も食べさせてくれず、服も着替えさせてくれず、体を清潔に洗うこともできない、と若い時から覚悟することは決して高齢者にとって残酷なことではないのである。

『不幸は人生の財産』

神は最後まで私たちを引退させせない

この頃、老年になって、妻の介護をしなければならない男性が増えてきた。妻の方が年下だから、自分の老後を看取ってくれるだろうと思っていたのに、妻が病んで、予定通りにならなくなったのである。

私の周囲には、そのようにして、妻に対する誠実を実証して見せているすばらしい夫たちが少なからずいる。若い時の彼らは、必ずしも妻に優しい男たちではなかった。仕事が第一。夜になれば銀座をうろついて家に帰って来るのは翌日であった。「今日は何時に帰りますか」と妻が聞いても「そんなことはわからん」の一点張りであった。ゴルフもしないのに色が黒いのは、日焼けならぬ「ネオン焼け」だと笑っていたのである。そんな男たちが、老いて病む妻の食事、入浴、トイレの面倒を見るようになったのだ。

私たちはいつ、新しい命令が神から出るかしれない。もう後は余生ですから、お手柔らかに、と言っても神は聞き入れない。その意味では、神は人間を引退させせない方だ、いつでも現役として、新しい任務に就くことをお命じになるのである。その覚悟はしておいた方がいいようである。

『生活のただ中の神』

身なりに気を遣って、自分を律すること

年寄りになったら、身なりなどどうでもいいようなものであるが、服装をくずし始めると、心の中まで、だらだらしても許されるような気になるものである。比較的若いうちから、女は靴下をきちんとはき、下着も略式にせず、外出の時にはアクセサリーその他を揃《そろ》えることを当然とする癖をつけておくことである。和服を着ている人なら、襟《えり》もきちっとそろえ、裾《すそ》も乱れぬようにし、帯を低めに締めて、真白い足袋《たび》をはき、背を伸ばしていたい。だらしない服装をすれば、楽かというと必ずしもそうではないのである。くずすほうは、ほっておいても自然にくずれる。体力がなくなり健康が悪くなれば、誰に言われなくてもくずれてしまう。それ以前は、できるだけ自分を厳しく律する方向へ向けておくことは悪くないであろう。

人は死ぬまで紳士であり、物腰のきれいな女性であるべき

私の友人のご主人は、若い時に酔っぱらって家に帰り着き、息も絶え絶えに「ユリコさん、金盥《かなだらい》」と呟《つぶや》いた。吐きそうだったのだろう。

奥さんの名前はカズコである。

「私はカズコですよ。ユリコじゃありませんよ」

と当時は彼女も若かったから腹を立てたが、この逸話をクラス会で披露してからは有名になった。皆その話を知って、長いこと笑っていた。

年移り人変わって、そのご主人が最近また入院した。

「奥さんのお名前、何て言うの？」

と或《あ》る日看護師さんたちが聞くと、このご主人はにこにこしながら「アヤコ」と答えたのである。看護師さんたちの間でも、朗らかでユーモアのある夫人は評判だったから、

彼女の名前はカズコで、アヤコではないことは皆知っている。アヤコとはいったいどこの人だろう、ということになって、私たち友人仲間は、「六本木か一の橋あたりにいる人じゃないの?」と無責任な推測を楽しんでいる。

看護師さんたちも悪のりして、夫人が現れると「××さん、本妻さんが見えたわよ!」と言うのだそうだ。ところが現在の「彼女」であるはずのアヤコは、いつまで待っても見舞いに来ない薄情者なのである。

こんなことでも、病棟が笑いに包まれて明るくなる。看護師さんたちもよくできた人たちだから、笑い話がよく通じる、と夫人は病院の空気を褒める。しかし一番の理由は、病人が紳士的なことなのである。

人生の最後に仏頂面をしていたら、家で一人で介護をしなければならない、たいていの「本妻」は無愛想になる。しかし、他人に対して無礼でなく、よく感謝をし、明るい顔をしているという徳があると、老いた病人も思いがけなく若い看護師さんたちにもてて、賑《にぎ》やかな入院生活を送れる、という見本のような話だ。

要は心がけ一つなのだろう。人は死ぬまで紳士であり、物腰のきれいな女性であるべきなのだ。

認知症と天然惚けの境界

認知症の兆しは、八十歳を過ぎると恐ろしいほど広まる。今月は誰が発症したか、というほど、まるで感染症のように明瞭な病変が起きる。もちろん熱が出るわけではない。歩けなくなるわけでもない。しかし首を傾げるようなおかしな言動を見せる人が出てくるのである。

作家などという人種は、もちろん私を含めて、生まれてこの方おかしい人が多い。私が以前、夫に「××さんにお会いしたけど、何だか、惚《ぼ》けたみたい」と言ったことがあった。すると夫は「そんなことはないよ。僕も一週間前に会ったけど、昔通りだったよ。あれは生まれつきああいう人なんだ」と言う。生まれつき惚けた人も世の中には確かにいるのだろう。相手も私たちのことを、同じように言っているに違いない。

最後まで歩く気持ちと、機能をなくしてはいけない

歩くという言葉は、古代ギリシャ語では、生活するという言葉と同じ単語だ。人は歩かずに暮らすことはできない。だから病気になろうが、足が痛かろうが、人間でいるためには最後まで歩くという機能をなくしてはいけないのである。年齢にかかわらず、歩かずに知的生活を送ることもできないようだ。

『老境の美徳』

八十歳でも九十歳でも、高齢者は一人で出歩かせることだ。家族もそれをさせた方がいい。旅の途中で死んでもいい年なのだ。

『自分の財産』

『老境の美徳』

老いと死は理不尽そのものゆえ、謙虚にも哲学的にもなる

老いと死は理不尽そのものなのである。しかし現世に理不尽である部分が残されていなければ、人間は決して謙虚にもならないし、哲学的になることもない。そのことに人々が気づきだしたということは朗報である。

『三秒の感謝』

老人の自殺には面当《つらあ》て自殺的な要素を含むものが多い。それも、その面当《つらあ》ての対象は、何もしてくれなかった他人へではなく、むしろ、僅《わず》かながら面倒を見てくれる身近な人間に対するものなのである。ケンカならばいくらしてもいい、それは後で話し合いがつくからだ。

しかし、死はすさまじい拒絶である。未来永劫《えいごう》、もうお前とは口をきかぬ、ということである。たとえどのようなひどい扱いを受けたとしても、死を以《もっ》て報いなければならぬほどの所業はない。

利己心と忍耐心の欠落が「老人性」の二つの柱

老齢になって身につける「老人性」に、二つの柱があります。一つは利己的になること、もう一つは忍耐がなくなることです。年を重ねることの特徴、あるいは悲しさと言ってもいいのですが、程度の差こそあれ、この二つはだれにでも見受けられます。老齢にやや意図的に逆らって自分を若々しく保ちたいなら、まず利己心を戒め、忍耐力を養うことだと思います。

『完本　戒老録』

『老いの才覚』

第4章

「善《い》い人」と思われなくてもいい

もう浮世の義理をやめて、自分の物差しで生きる

義理の付き合いをしない、には奥深い心遣いがある

私がオーバーロードしそうになると、夫はいつも私に言った。

「知寿子（私の本名）は努力するのがいかんよ。義理なんか欠けよ。僕はそれでずっとやって来たんだから」

彼の生き方は昔から変わらなかった。いわゆる義理の付き合いは一切しない。返事も書けるような時間的、心理的状態にあれば書くが、少しでもむりだと思ったら、さっさと忘れる。

病人の見舞などもなかなか行かなかった。あいつはそういう奴だという評判が立てば、むしろ行かないことが見舞になる。なまじっかメロンなど下げて行ったりしようものなら、相手はびっくりして、三浦朱門が見舞に来るようじゃ、オレは癌かもしれない、と思うからである。病人と喋りたくなって行く時は必ず手ぶらで行く。後で快気祝いなどしなければならないと思う人がほとんどだから、物を持って行くことは、相手に負担をかけることになるという判断である。

遠藤周作さんが入院されていた時も、夫はいつも手ぶらでお見舞に行った。持って行ってもせいぜいでおもしろいと思った読み古しの探偵小説くらいである。それでいて、遠藤さんの病室にある高価なメロンやネーブルは、盛大に食べて来る。そして「遠藤のところで余ってるものをもったいないから食べて来てやった」などと恩にきせたような言い方をした。

『夫婦、この不思議な関係』

世間のことがわからないから作家をやっていられる

遠藤周作さんなど「ＩＴ弱者」の最たるものであった。

或る日、遠藤さんは私の夫に電話をかけて来て、どうして某出版社の伝言の紙が電線を伝って遠藤家に飛んでくるのか、とお聞きになった。ファックスのことである。それは、出版社の紙が電線を伝って飛んで来るのではない。電気的に送られて来た信号が、「お宅の紙に印刷されるのよ」と夫が言うと、遠藤先生はいきなり激怒なさった。どうして俺に断りもなく、あの社は、勝手に俺の紙を使うのか、というわけだ。うちでも長い間、夫は私がファックスの機械を入れるのに強硬に反対していた。こちらの理由もケチなのである。

「そんなことをしてみろ。使いを出さなくてよくなって、トクをするのは出版社ばかりだ」

世間のことがわからないから、作家をやっていられるのだ。

『生きるための闘い――昼寝するお化け(第5集)』

上坂冬子さんが巻き起こした大人のユーモア

モスクワではけっこうデラックスホテルだったのに、ベッドに腰を下ろすや、かゆくなった。私が「家ダニがいる!」と言って、持参していた殺虫剤を撒いてあげたら、上坂さんは「ああ、お付き合いがいると便利だわ」なんて言ってましたよ。彼女は何も持たない主義。私は用意するほうなんです。

彼女は「あんたが死んだ後、お宅の亭主の後妻に行ってあげる」って言ってくれて、私たちはその予定でした。

でも、しばらくしたら吉村昭さんの後妻に乗り換えたんです。その吉村さんもまた間もなく捨てられたのは、「上坂さんがよもや戦争をご存じとは思いませんでした」と言ったからなんですって。「お世辞にしてもあんなみえすいたことを言うもんじゃないよ」だそうです。それに二人で車に乗るやいなや、吉村さんがグーグー寝たんですって。男性はこれはという女性の横で眠っちゃいけないんですね。

それで吉村昭は失格したので、私たちはすぐに奥さんの津村節子さんにこのことを言ってやりました。それからしばらくして、鹿島建設の社長を務められた石川六郎さんにお会いしたら、彼女はまたすぐに「後妻に行くなら六郎さんがいい」と言い出したんです。それで私たちはまたすぐに、六郎さんの奥さんのヨシ子さんに候補に挙がったと報告することにしました。そのあとだったと思います。上坂さんと私は日本でミハイル・ゴルバチョフ氏に会ったんです。上坂さんはすっかりゴルバチョフが気に入って、石川六郎かゴルバチョフかというところにきました。

共通の友人だったソニーの盛田昭夫さんが倒れられたとき、私はお見舞いに行き、私が「上坂冬子が後妻に行くのに、石川さんかゴルバチョフか迷っています。どちらがいいでしょう」とうかがったら、盛田さんは「六郎がいい」とかすれた声でおっしゃった。ユーモアもしっかり解しておられましたし、見事なご病人でした。

『曽野綾子自伝　この世に恋して』

老醜にも使い道はある

老醜も、願わしいものではないが、立派に一つの特徴である。年取って強盗に入れば「驚きました。犯人は老人でした」と被害者が警察に通報した時、驚いてもらえる。それが女の年寄りだったらもっとすごい。「驚いたのなんのって、強盗は婆さんでした」とこれはもう落語の世界である。ついでに「それであんたは男の癖して、その婆さんの強盗に全く歯向かえなかったのかね」という形で、当節の意気地ない男に嫌がらせの一つもしてやれるのだ。弱者の使い道はたくさんある……。

私たちはどれほどにも成熟した人間にならなければならない

『生きるための闘い――昼寝するお化け（第5集）』

悪をはっきりと認識した時のみ、私たちは、人間の極限までの可能性として偉大な善を考える。悪の陰影がないということは、同時に幼児性を意味している。私たちは、どれほどにも、成熟した人間にならなければならない。それには、清流の中にしか身をおかないのではなく、濁流に揉《も》まれることであり、自分の手はきれいだと思うことではなく、自分はいつも泥塗《どろまみ》れであると思うことであり、自分はいつも強いと自信を持つことではなく、自分の弱さを確認できる勇気を持つことである。

『二十一世紀への手紙』

「見返りを求めない」それが人間の美学

現世で報われるため善いことをするのは、お茶のペットボトルを買うため自動販売機に百五十円を入れるようなものです。神はそうした安っぽい因果関係を望まない。報われても、そうでなくても、やるべきことをやる。それが本当の信仰で、人間の美学なんです。そうした思想に私は軸足を置くことにしたのです。

『曽野綾子自伝　この世に恋して』

本来、損のできる人間に育てられるべきなのだ

かつては、損のできる人間に育てるのが、教育の一つの目標でした。動物は捕まえた獲物をまず自分が食べ、残りを自分の子供や群れの仲間に与える例が多いけれど、人間は見ず知らずの人に恵むということさえできる。それが人間である証拠です。

老年も、いくつになっても損をすることができる気力と体力を保つということを目標

にするべきです。まあ、こんなことを言っている私も、そのうち惚けたら、強欲ババアになるのでしょうけど。

『老いの才覚』

「許す」行為ほど難しいことはない。神はそれを人間にお望みになった

すぐ見切りをつけて捨てる人と、騙されても騙されても、更にもう一度騙されようと思っている人とは明らかに違います。そして私は、騙す方にはならないようにしようと思いますが、この頃、騙される方はきれいだなあ、と思うようになりました。それも性懲りもなく、何度でも「今度こそ心を入れかえますから」という言葉を信じるようになりたいと思います。そういう人を現に知っているからです。私たちははたから「騙されないようにしなさいよ」などと言いますが、ほんとうは野放図に望みを繋《つな》ぐ人が、神の雛形《ひながた》のような優しさを持っているのです。そして、人生の後半にもさしかかると、その美しさとみごとさが、胸にしみるようにわかるのです。

許しほどむずかしいことはありません。希望を繋ぐことも疲れることです。しかし神はそれらの最も難しいことを人間にお望みになった。それほど神は私たちを能力ある存在だとお思いになった。私たちは易しい宿題ではなく、能力ある生徒として難しい宿題を受け取ったのです。それだけはまちがいありません。

『聖書の中の友情論』

悪にも善にも軽々しく動かされない地点を持つ

日本人は自分を「善い人」で通せると思っているけれど、アフリカのような極限の状況では「善い人」を通すのは難しい。人間は善いこともするけれど、悪も犯すし、残虐も働くんです。それでいて、時々は立派に人情的なんです。

その複雑な人間性を私の心に叩き込んでくれたのですから、アフリカは私にとって本当に偉大な教師でした。

『曽野綾子自伝　この世に恋して』

しかし人間は、まともな大人なら、いいことも悪いことも理解しなければならない。理解することと、価値を判断することとはまた別のものである。人間は、悪も善も正視して、そのことに軽々に動かされないような、強い性格と冷静な判断を持たなければならない。

『至福の境地』

静かに変わって行くのが人間の堂々たる姿勢

私は義理堅い両親の元で育ったおかげで、逆に義理堅くなくなってしまった。義理だけを一生懸命に果していると、義理を欠かないということが一生の仕事と目的になりそうな気がしたのである。義理なんぞ時には欠いてでも、仕事に集中した方がいい、と身勝手な感情が今でも心の中に巣くっているから、あの世の両親はがっかりしているだろう。

私はまず冠婚葬祭の義理を欠いた。結婚式はほとんど出ない。葬式も今の私は、日本にいなかったりして、失礼ばかりしている。ただその後、亡くなった方の家族とは遊ぶことにしている。葬式はどうでもいいのだが、亡くなった方が喜びそうなことはしたいと思う。

しかしこの頃、できれば、病人の見舞いだけはした方がいい、と思うようになった。病気見舞いだけではない。遠く離れて一人で住む人、高齢者、などに対して、時々声を掛けることがどれほど大きな徳かを、実はわたしはもうずっと以前に教わっていたのである。

『安逸と危険の魅力』

年賀状を出さなくても、葬式に欠礼しても、高齢者に対しては、誰もが、年のことを考えてくれる。こんな寒い時の葬儀に無理して参列してくれて、それがきっかけで風邪を引き、肺炎にでもなられると困るから、お宅で暖かくしていてくださった方が安心だと思う。亡くなったという知らせはなくとも、年賀状が来なくなるということは、あの人ももう年だから自然だ、と誰もが思ってくれるのが老年のよさである。ましてや年金暮らしかどうかくらいは誰にでも容易に想像がつくことだ。最盛期には羽振りのよかった人でも、高齢者になれば、皆お金とは無縁の静かな暮らしに入るのだ。それは別に恥でもなく、落ちぶれた証拠でもなく、憐れまれる理由でもない。むしろ静かに変わって行くのが人間というものの堂々たる姿勢だと思う。

『言い残された言葉』

人は長い目で見てやらなければいけない

麦と違って人間は、いっとき毒麦的な人間であっても、後に善良な人間に変わる場合があります。だから、その人間が毒麦のままなのか、いい麦に変わっていくのか、長い目でゆっくり見てやる必要があります。

『幸せは弱さにある』

ソノアヤコさん

ある日私はデパートに行き、食堂で安い酢豚《すぶた》ライスを食べていました。よく見ると肉の部分なんか殆《ほとん》どないあぶら身をキューッと揚げて、それで味をごま化したやつです(でもけっこうおいしいのですよ)。すると相席に坐《すわ》った一人の婦人が、思いなしか私の顔をじろじろ見ているような気がしました。いやな予感がしたのですが、果してしばらくすると、その女性は「ソノアヤコさんじゃありませんか」と私に言いました。

神父さま。私は本当にその日、一人でみみっちく安物の酢豚ライスを静かに食べたかったのです。相手の御好意がわからぬわけではありませんが、その時私は、相手を私の心への闖入者《ちんにゅうしゃ》のように感じました。それで私は極くすんなりと「いいえ」と言ったのです。

もうあと何十年も生きないのに、この頃《ごろ》一人で居たい時には一人でいられるように身を守ることにしました(もっともこれはかなり忘恩的な思い上った考えですね。人間、言葉をかけて頂くことの幸せと光栄を、私は知らないわけではありませんのに)。

またある日、鶴羽《つるは》伸子さんと私がタクシーに乗ると、運転手さんが「お客さんはどっかで見た顔だねえ」と言いました。「芸能《ゲイノー》の人かね」と彼が言うので、私たちは「本当に芸《ゲイ》はない《ノー》のだから」と笑い合ったものです。「ソノアヤコに似てるけど、あの人はもう少し年寄りだしねえ」と言うので、「本当にねえ」と二人はもうおかしくて、どうにもならなくなりました。

『別れの日まで』

老年は密やかに自分らしくありたい

威張る人は、同時にばかにされているのもほんとうです。こういうことが若い時には、まるっきりわかりませんでした。

それ以上に私は、この頃、人に会うと三分以内に、この方とは、いつか友達になる。いや、この方とは全くご縁がない、とわかるようになったのです。それはほとんど嗅覚のようなものですが、かなり当たります。ご縁がないと言っても、その方は決して悪い人ではないのです。それどころか、私よりずっと世間のために積極的な働きをしておられる方も多いのです。

でも私がご縁がないと思うのは、その方たちには、どこか権力主義者の匂いがするからなのです。権力に惹かれるということも、決して悪ではありません。しかし私は何よりも嫌なのです。理由はありません。強いて言えば、香水の匂いの好き嫌いと似ています。

こんな本能も昔はありませんでした。それだけ理性が退化して、本能だけが残ったんだ、と言われるとそんなような気もしますが、もう先は長くもないのに、自分の性格と合わない方とお付き合いをしても無駄でしょう。あちらさまにとっても、私などと付き合わない方がいいということは、充分ありえますからね。

こういう割り切り方は、若い時にはありませんでした。人生の一部を諦めるすべを覚えたのでしょう。それは老年が持ってもいい、一つの必要な才能です。もうどんなに頑張っても、この先、いくらの仕事もできない、と思い諦める時、私たちは、自分らしい時間を取り戻します。自分が、時間の主《あるじ》になって、ほんとうにしたいことをするのです。

考えてみれば、若い時には義理のようなものに引かれて、時には私らしくない生き方もしました。それも決して無駄ではなかったのですが……老年は密やかに……しかし私らしくあっていい時です。そういうご老人が、すがすがしい美人にも見えますものね。

『我が家の内輪話』

人は生まれながらにして罪を負っている

悪は研究しなくても、私たちの存在そのものが悪である時は珍しくない。キリスト教には原罪という観念があって、人は生まれながらにして罪を負っているという。それがどのような罪なのか、私はわからなかったのだが、或《あ》る時、一人の姑《しゅうとめ》という立場にある人から身の上相談の手紙をもらって、初めてすんなりと答えを得られたような気がした。

その人は嫁から、「あなたがいると思うだけで不愉快なんです」と言われたというのである。もちろん私はその人を直接には知らないのだが、私の知る限り、世の中の姑も嫁もまあまあ似たりよったりのものである。「よくできた」人たちもいるが、その反対の「よくできていない」人と比べて、すさまじい差があるものでもない。ものごとはすべて解釈のしようによる。しかし、直接に接触しなくても、その存在自体が不愉快なのだ、と言われたら、これは原罪の説明になるであろう。

『戦争を知っていてよかった』

私怨は生きていく上でのエネルギー

私怨《しえん》は隠すことではないのよ。ただ、どうしてみんな私怨を社会の公憤にしてしまうのだろう、という疑問がずっとありました。自民党が悪い、資本主義が悪いなど、私怨を社会のせいにして、自分を社会の王様にしている。あれはもったいないわねえ。

『冬子と綾子の老い楽人生』

しかし作家にとって長い年月書き続けるという鈍重な作業を可能にするのは、充分に醸成された私怨だということはできる。ユダヤ人として生きる私怨、障害を持つという私怨、母に捨てられたという私怨、愛した人を奪われた私怨、戦争によって生を脅《おびや》かされた私怨。なんでもいい。この世に私怨を持たぬ人などないだろう、と私は思う時がある。すべての私怨が、なまの臭気を失うほど充分に熟成した時、初めてそれは継続的な創作のエネルギーになるという素朴な過程が、私の場合にも当てはまるように思うのである。

『立ち止まる才能』

過不足ない表現力があれば意外な力を発揮できる

今では表現力というのはもっとも平和的な武器だと思っています。どんな職業どんな生活を送るにも、過不足ない表現力さえあれば人はそれぞれに適した場所で他人の心を打って働くことができるし、ときには意外な力を発揮することさえあるんです。それを今の教育は気がついていないらしいのですが、残念なことですね。

『曽野綾子自伝　この世に恋して』

自分の好みで生きて何が悪いのだろう

最近、勤め先の会議で、理事の一人が実にいい提言をした。これから病院のカルテや施設の申込書に、病歴だけでなく、趣味や生き甲斐など、その人の生きてきた歴史の中枢をていねいに記録してもらい、その人の得意の分野で老後を生きてもらうことが社会の任務だ、というのである。私は優しくないから、できるだけ年寄りの個性を生かし、できれば働かせ、どれだけ健康保険を使わないかを目標に生きるのが「愛国者」だと言っていたのだが。

『透明な歳月の光』

人と交わることが好きな人もいれば、嫌いな人もいる。病院へ入れてもらいたい人もいれば、私の母のように病院にだけは行きたくないと言い張るのもいる。人一人一人が、自分の好みで生きて何が悪いのだろう。孤独死の中にも、その人が選んだ生き方もあるだろう、と思う。

『安逸と危険の魅力』

神だけが私を知り、他の評価はすべて一種の迷妄なのだ

人間は長い間人生を見て来ると、次第に世間の評判はどうでもよくなる。（略）神だけが私を知り、私の思いを記憶し、私の行為を評価するのだ。だからそれ以外の現世の評価はすべて、一種の迷妄なのである。

『最高に笑える人生』

裸の心を見せられたら周りが困ることが多い

人はもっと自然に醜く生きていいのだ、と私は思っている。ただそれを自覚していれ

ば、の話だが。小さな不平を鳴らし、愚痴も怒りも時にはぶつけ、おでこの縦皺も仕方がないこともある。しかし見えも掛け値もないのがいいとはいうが、人間社会であまりにも裸の心を見せつけられたら、端は困る場合が多いのだ。

致し方なく、人が泣く時にも自分は泣かずに踏み留まり、人が笑う時にはこの世で幸運があることなど決して信じず、一人しかめ面をしている。私は今そんなふうに生きている人も好きなのである。

『週刊ポスト』「昼寝するお化け」2009年6月5日号

人間は裏切るものなのです

私たちはみんな、ペトロと同じでしょう。ペテロは自分からイエスに「あなたについていきます」と体裁のいい約束しておきながら、我が身かわいさからそれを反故《ほご》にしてしまいました。このようなことはよくあります。人間は裏切るものなのです。

ペトロのすばらしいところは、自分は裏切り者だ、ずるい人間だと、正面切って認め、激しく泣いたことです。

いまは、ほとんどの人が「私は人道主義者です」とか「私は決して裏切りません」といった立派なことを言います。でも現実には、そんなことを守れる人はごく少数ですから、恥ずかしくて口にできるものではありません。それでいて、自分の弱さに気がついたとき、ペトロのように泣くこともありません。「そんなこと、言いましたっけ？」くらいなものです。

『幸せは弱さにある』

人生は〝歪《ゆがみ》〟の舵をどうとっていくかにある

私はずるく生きてきたから。子どものときから、父をごまかすために、ずるさも身につけました（笑）。

ずるさというものは、生きるために必要で仕方のないものだと、幼い頃からわかりましたからね。それがわからなくて、ずるさは悪い、と言う人にこそ、困っていました。

そんなきれいごとでは生きていけないのに。
本当はね。笑いごとじゃないことは、笑いごとにしないと困るんです。

『夫婦のルール』

それに考えてみると歪みのない人なんていないんですね。もし完全な中庸だけを取れる人がいたらそれは不気味な人だし、人間的魅力があるとは言えないだろうと思います。一生人間をやっていくということは、この歪みの舵を現世で許される程度にとっていくことなんですから。

『曽野綾子自伝　この世に恋して』

陽性な年寄りは、陽気な壮年より愛される

陰性な年寄りは陰性な壮年よりずっと激しくいやがられる。陽性な年寄りは、たしなめられたり、あからさまに困られたりするが、壮年の陽気な人より、もっと明るい美し

いものを感じさせる。口では「うちの老人も無邪気で困りものでしてなあ」などと言われても、内心で深く愛されるのである。

『完本　戒老録』

第5章

家族は棄てられない。友人との関係はソコソコにする

依存「する」のも「される」のもあり

高齢のために、配偶者の人格が変わったときの用心

若い時の病気ではなく、人間が長寿になると、高齢のために配偶者の人格が変わったようになる時の用心もいる。

私の母は十数年前、一夜のうちに脳軟化のため、精神的な能力が五分の一くらいに落ちてしまった。母は口をきかなくなり、夕闇が来ても電燈もつけずに部屋の中に座っていた。それまでの母は、私が時々もてあますほどのきらきらした性格であった。家事もうまく、本も読み、抽象的なことにも興味があった。それが一夜にして、ただその形骸を留めるのみになった。

私は母の亡霊と暮らしているように思った。それは痛ましさを通りこして恐怖であった。私は母が生きながら死んだのを見ていなければならなかったからであった。同じようなことが、夫に起こった場合、私は、「その人」を今まで通りの夫と思えるだろうか。或いはそれが私に起こった場合、夫はもはや私といるのではなく、私の亡骸《なきがら》といるだけなのだ。そのような時に、かつての記憶に対する尊敬と感謝のために、「その人」に対

することはできる。しかし「その人」は決してそれ以前の人と同じではないのだ。夫婦の人格が、健康を土台として考えられていることはまさに砂上の楼閣を見るようなものである。

『夫婦、この不思議な関係』

人は常に終わりを恐れる

人間は、おしまいになることを常に恐れている。

体験上もっともなことだ。お財布の中の最後の千円札がなくなれば、危機感を覚える。別れはいつも辛い。愛の終わりは生涯忘れられない打撃である。死別は決定的な喪失だ。時が癒してくれるのを待つほかはない。それらすべてが或る状態の終わりにやって来るのだから、人間がそれらを恐れるのは当然だ。

『酔狂に生きる』

何をなくしたら一番つらいか

年をとればとるほど、優先順位が大事になってきます。能力が衰えて、今までやれたことができなくなりますから。じゃあ、より大事なのは何か。それを自分なりに決めればいいんです。

優先順位をつけるというのは、何をなくしたら一番つらいかを考えるということでもあります。私の場合は、家族の健康です。家族の命に関わることなら、原稿の締め切りを破ってでも何かをするでしょうね。そうやって最優先するものが一つ決まったら、その次に大事なものをもう一つ、というふうに決めていく。

『思い通りにいかないから人生は面白い』

会話と緊張が心身を鍛える

今、夫と私が心がけていることは、会話と緊張である。病気になる時は仕方がないのだが、とにかく自分を甘やかさずに、掃除、洗濯、炊事、それに付随した営みが一応できる人間を維持し、いつ一人になってもいいように心を鍛えながら生きようという決意である。

我が家では日々刻々会話で笑っている。幸いにも私たちは、二人共表現の世界に生きて来たから、自分をどんなに客観視することもできる。夫は吝嗇《りんしょく》と、しんらつで素早い反応を、老年の一つの楽しみと考えているらしいが、けちほど人を笑わすものはない。幸いなことに、自分はけちをしても他人の浪費は咎《とが》めないから、私は使いたいようにお金を使う。何しろ家は建てて四十年、肉体は使い始めて八十年を過ぎたのだから、それなりに手入れをしていないと、竜巻が襲う前にいつ倒壊するかわからないのだ。

『生きる姿勢』

手を貸し合って来た夫婦の別れの準備

ある時、母のところへ、昔から知り合いの老夫人が訪ねて来たことがあった。子供のないご夫婦で、今は澄み切った空気と太陽に恵まれた湘南のどこかの老人ホームにいるということを私は聞かされていた。

「ご主人さまも、今日はご一緒に来てくだされればよかったのに」

と母が言いながら、こちょこちょとお茶の支度をしているのを、私は立ち聞きしていた。

「ええ、私も、そう言ったんですけどね、でも主人が言うんですよ。私たちは今まで何でも二人で一緒にしすぎて来た。たぶんお前の方が後に残るだろうから、今のうちに少し、ひとりで遊ぶ練習をしておきなさいって……。それでこの頃、時々、別々に買物に行ったり、映画を見たりしてるんですよ」

私は胸を衝《つ》かれた。そこまで人間を見極めるために、この夫婦は何十年もの間、手を貸し合って来たのである。

『続・誰のために愛するか』

手を差し伸べたことによってその人を殺してしまうことがある

知人から、一人の孤独な老女の話を聞いたのです。この老女は、早く夫を失い、戦争で子供もなくし、全く一人になって、生きて来ました。教養もあり、気性も強い人で、知人の家のお手伝いさんというより、主婦代りのような仕事をして生きて来ました。

ところがやはり年のせいで、とうとう体の自由のきかない病気になって働けなくなってしまった。それを聞いて、昔の女学校時代のクラスメートたちの間で、何とかしてそのひとを救おうという話が出ました。

甥《おい》に引きとられているとはいっても、さしかけのような畳もない板の間に寝ていて、雨の日に見舞に行った人は、雨もりがするというわけではないのだけれど、カラー・トタンに降り注ぐ雨の音を頭上に聞いているだけで、心理的にびしょぬれになりそうだった。もちろん、隙間《すきま》風は入るし、甥の奥さんという人だって、義理の伯母の面倒を見るのは決して望ましいことではない。

甥夫婦の生活も楽ではなさそうなので、皆は醵金《きょきん》して、善後策をこうじようということになったそうです。ところがこのひとは、昔から、甘えた所もないし、他人に助けられることも好きではない。クラスメートの中には、お金をあげることはいけない、と頑強に主張する人もいましたが、とにかく、ことここに至れば、さしもの彼女も、皆の好意を受けてくれるだろう、ということになりました。

見舞に行った人が、彼女を安心させるために、皆の計画を話すと、彼女は、くれぐれも、そんな心配をしてもらわないように、と言いましたが、これはまあ、社交辞令と思われたのです。ところがそれから一週間もしないうちに、このしっかり者の老女は首を吊って自殺しました。皆に迷惑をかけてまで生きていたくないから、という遺書が残されていた、というのです。

老女をとりまく誰にも、悪意は全くなかった。ただ、このひとは、その性格からして、どのような病気の状態になろうと、一人で生活をたたかいとって行くことが好きだった。ですからその第一の目標をとり上げられそうになって生きる意欲を失ってしまったのでしょう。

一人の人間を救うことの背後には、手をさしのべることと同時に、冷酷に放置すべき部分があり、それがわからないと逆に人一人を殺してしまうのです。

『仮の宿』

自分の生活を賄《まかな》うのは自分でしかない

孤独は決して人によって、本質的に慰められるものではありません。たしかに友人や家族は心をかなり賑やかにはしてくれますが、ほんとうの孤独というものは、友にも親にも配偶者にも救ってもらえない。

『老いの才覚』

私は、やはり自分一人でできるだけ生きるのが自由ですばらしいと思うのです。もちろん、体が衰えてくれば、どなたかのお世話を受けるのも致し方ないでしょう。しかしいつでも原則は、生活のすべてを自分で賄う気力を持とうとするのが当然だと思います。「こうやってお母さんは、あんたのために生きて来たんだから、年取ったら、今度はあんたに面倒を見てもらうからね」

とよく平気で言っている人がいるけど、ああいう言葉は、やはり一種の脅迫だと思ってしまう。

『親子、別あり』

限りなく自分らしくあったときに、みごとな死が訪れる

生の基本は一人である。それ故にこそ、他人に与え、かかわるという行為が、比類ない香気を持つように思われる。しかし原則としては、あくまで生きることは一人である。それを思うと、よく生きよく暮らし、みごとに死ぬためには、限りなく自分らしくあらねばならない。それには他人の生き方を、同時に大切に認めなければならない。その苦しい孤独な戦いの一生が、生涯、というものなのである。

『人びとの中の私』

五十歳、六十歳、七十歳でも新しい友だちはできるが深追いをしない

私は、人間関係は「去る者は追わず、来たる者は拒まず」というのがいちばんいいと思っています。ですから、親しい友だちとあるときから親しくなくなることがあってもいいと思っています。

私の場合、五十歳を過ぎ、六十歳、七十歳でも新しい友だちはできました。お互い本音を言ってげらげら笑って、その後も私と付き合いたいと思ってくださるらしい人がいたからです。でも私や相手が億劫になれば、そのときまでですし、たとえ一回でも十回でも楽しい時間が過ごせたら、それでよかったと深追いすることはしません。

私は最近体力がなくなってきましたから、今、友人に何かしてあげたいと思ってもできない可能性があるんですよ。そういうときは謝ることもしません。それが老齢化ということで、しかたがないでしょう。

『曽野綾子の人生相談』

家族は棄てられないから問題が深刻になる

世間の多くの家で、他人との関係よりも、息子、娘、その配偶者、配偶者の姻戚、などとの問題の方が深刻であるようだ。それは当然で、他人なら、できる範囲で関係を修復してみてもうまくいかないようだったら、それとなく遠ざかることもできるのだが、肉親や姻戚というものは、関係を解消できないから重荷になるのである。

『人間関係』

恋も会わないでおいた方がいい場合が多い

人生には生涯、ついに会わないままに終わる方がいいのだという人間関係があるのだ、と私は思った。私はここ数年、いつ死ぬかわからないのだから、以前から心にかかっていた人たちと、無理でない機会に会っておくようにしようと心に決めているのだが、それは浅はかな人生の計算だということもわかった。

深い感謝は時には恋のような思いでもあったが、恋もやはり会わないでおいた方がいい場合が多い。人生ですべてのことをやり遂げ、会うべき人にも会って死のうなどというのは、思い上がりもいいところで、人は誰もが多くの思いを残して死んでいいのだ。むしろそれが普通なのである。私は強情《ごうじょう》だったが、運命には従順でありたいと願っている。

『さりげない許しと愛』

ほんとうの友を一人も持っていないという人もいる

友人というものは、階級、貧富の差、学歴、職業、前歴、などで選ぶものではない、ということです。聖書は説教で満ち溢《あふ》れているようにお思いかもしれませんが、このような人生の基本的な姿勢を、実はさりげなく物語によって暗示しているものなのです。

そう思ってみると、世間的には人の羨《うらや》むような生活をしながら、ほんとうの友を一人も持っていないという人というのも珍しくはありませんね。そしてそのような貧しさに関しては、なぜか人は割と鈍感なのですね。

『聖書の中の友情論』

心を受け止めてくれる一番楽な相手は友人である。昔からの私の生活の歴史を知っているし、私の性癖もよく心得ている。心の癒しには、友達に手を貸してもらうのが最上の方法なのだ。それなのに、「私には友達がいません」と言う人がよくいる。何のために学校に行ったのかと思う。貧しくて学校にも行けなかったブラジル人は、ただ隣の席に座った人でも友達にしてしまう。

『人生の収穫』

妻は夫に家事の教育をして死ぬべきだ

ここ数年、私は自分がいつ死んでも夫が一人で暮らせるように「訓練」してきた。と言うと夫は必ず反論し、自分は誰に教えられなくても、家事一切できるのだと言う。できないと思いこんでいるより、自分はできるのだと信じているほうが始末にいいので逆らわない。

老年の男性は必ず、家事ができなくてはならない。妻もそれを必ず教育して死ぬべきだ、という思いは、私の中から抜けない。


『なぜ人は恐ろしいことをするのか』

「毎日、笑っていられる相手でよかった」は大きな贈りもの

朱門は性来寛大なんです。いいかげんだから相手もどうだっていい。朗らかで文句を言わない。私は父の機嫌を悪くしないよう毎日恐れながら暮らしてきたから、とにかく寛大な人ならいいと思っていたんですね。

彼が助教授になって月給がもらえるようになったので、一九五三年十月、大学四年のときに結婚しました。二十二歳でした。

『新思潮』の仲間は「あいつとだけは結婚するな」と言っていたけれど、私は素敵な人

より、本当のことを言う人がいいと思っていた。お陰様で、今でも毎日、笑っていられます。

『曽野綾子自伝　この世に恋して』

生きるということは揺れる大地に立っているようなもの

本来、人は誰でも何歳の人であっても、ひとりになったときのことを常に考えておくべきなんです。私は子どもを産み、育てていた二十代後半から、たとえば夫が病気になったり離婚したりしたら、子どもとどうやって食べていこうかと考えていました。『揺れる大地に立って』という本を書きましたが、〝揺れる大地〟とは地震のことだけではないのです。生きるということは揺れる大地に立っているようなものです。常にそれに備えて、あらゆる可能性を考え、対処法を考えておくことです。

『曽野綾子の人生相談』

親孝行な子供は、幼い時から、どこかで耐えることをしつけられて来た家庭に生まれている。もちろん、耐えることの全くない子供などというものはないだろう。しかし物分かりのいい、甘いしつけの家庭には、なかなか親孝行な子供は生まれにくい。親との生活の中で、親と苦労を分かち合う体験を持った子供だけが、親を大切にする。しかし親が子供に艱難辛苦《かんなんしんく》を強いず、子供だけには苦労をさせたくない、と思う場合には、子供がなぜか大人に育たないのである。

『晩年の美学を求めて』

「少しくらい垢《あか》が残ってたって死にやしない」

朱門は朝、六時半頃食事。スープ、果物、コーンフレークス、温泉卵、などのうち気の向いたものを食べる。

十時頃、ドクターからもらっている甘い飲み物を一缶、冷蔵庫に入れておいて飲む。水分と必要栄養素の入ったものだという。お昼はめん類。三時にまた飲み物。夕方お風呂かシャワー。入浴は毎日ではなく、週に二回。一回は専門の看護師さんが入れてくださる。私は相変わらず、自分が相手の重みを支えきれなくて、すべって頭を打った記憶が抜けないので、浴室恐怖症が直っていない。だから、シャワーでカラスの行水をさせるだけである。しかし「少しくらい垢が残ってたって死にやしない」という例の呪文を唱えて、それでいいことにしている。

『週刊現代』「自宅で、夫を介護する」2016年11月12日号

本気で老人と暮らそうとする他人はまずいない

人間は責任がなければ、どれほどでも無責任に優しくなれる。私のような人間ですら、よそのお年寄りにはよく思われることが多いということがそれを示している。

しかし、本当は血のつながりのある実の子供か、息子の嫁でもなければ、責任を持って老人とつき合ったり暮そうとしたりする存在はまずあまりないものだということをお年寄りもはっきり自覚しなければいけない。

与えることを知っている人は老年であろうと病人であろうと壮年だ

人は与えるからこそ、大人になり、おいぼれではなく青年であり続けるのである。赤ん坊から大人になるまでの人間はもらうばかりである。おっぱいを呑ませてもらい、御《お》襁褓《むつ》を換えてもらう。学校に送り迎えをしてもらい、お小遣いをもらい、教えてもらう。しかしやがてその関係が逆転する。父の後ろ姿に老いを感じると、息子は父に代わって荷物を運ぶ。今までは病院には連れて行ってもらっていた娘が、母が病気になれば自分の車で母を病院に運ぶ。

年取って、別に若い者と張り合うことは必要ないが、人間としての原則的な関係は間違いなく平等だ。しかし老年になると、気の緩みからか、もらうことばかり期待して、頑張って一人の暮らしを続けたり、ごく些細《ささい》なことでも人に与えようとする気力に欠ける人がたくさん出て来る。その時人は初めて老年になるのだ。しかし寝たきり老人でも、

『続・誰のために愛するか』

感謝を忘れなければ、感謝は人に喜びを「与える」のだからやはり壮年なのである。いきいきとした晩年を過ごしている人たちは、どこかで与えることを知っている人たちである。与えることを知っている限り、その人は何歳であろうと、どんなに体が不自由であろうと、つまり壮年だ。

『晩年の美学を求めて』

人は他人を少しでも助けられたとき、初めて自分も参加した実感が出て楽しくなるんです。達成感という最高のごほうびをもらうんですね。

『曽野綾子自伝　この世に恋して』

家族と死について深く学ぶ

昔の老人は死が近づくとものを食べなくなり、家族はそれを自然に受け容れていました。例えば、寝たきりのおばあちゃんが食が細って来て西瓜だけ食べたいと言い出して、家族が方々さがして買ってきた西瓜を枕元に運んでも食べようとしないので、そのままにしておく。夜になると「好きな梅干しのお粥なら食べられるかも」と気遣う嫁の顔を立てて、一口二口食べたぐらいで「もう歳だから、今日は何も入らんな」というようなやり取りをするうち、すっと息を引き取る。そういうものでした。

私自身、自宅で親たち（私の母と夫の両親）三人を看取った経験がありますが、かつては血を分けた家族や嫁に感謝しながらの大往生には、人間らしい伝統的な看取りの文化が色濃くありました。しかし今は自宅での死を望んでも、実際は八割以上の人が病院の中で亡くなるという、死が見えづらい社会です。家族みんなが見守る中で祖父母が死に逝く姿を見るのは自然なことなんです。犬や猫でもいいから、子供のうちからそれを見ることで死を学んでいくべきなのです。

『人間の基本』

人にもよるが、友人の死に対しては、意外とショックを受けないように見える年寄りも多い。若い者から見ると、友人が死ぬということは、心の流露《りゅうろ》を受けとめる相手がなくなることで、どんなにか辛《つら》いだろう、と思うのだが、老化は、その淋しさをもあまり感じなくてすむようにしてくれるのかもしれない。

友人に先立たれる場合のことは（夫に先立たれることと同様）、常に事前に、繰り返し繰り返し予想することが大切である。そうすると、やって来た運命に対して、心構えができている。いよいよ別れるのだ、と嘆くよりも、何十年か楽しくつき合ってもらって、ありがたかった、と感謝すればいいのである。


『完本　戒老録』

問題のない親など一人もいない

世間を見ると、交わりを断つという形で、相手にもっとも、痛烈な痛手を罰として与え、報復を達成しようとしている人は決して少なくない。

親を棄《す》てる子供たちがその一つだろう。どの親にも問題はある。問題のない親は、問題がないというだけでどこかに大きな問題がある。だから子供が親を棄てる理由など、誰にでもいくらでもあるのだ。だから単純に言って、人生で親を棄てなかった人はそれだけで人生に成功している。なぜならば、まずわれわれ人間に対して忍耐しているのは神の方だという事実に気づけば、自然に親を許す気になるのである。

『晩年の美学を求めて』

みんな我が家で最期を迎えた。それはなぜか明るい記憶

東京一みっともないと言われた我が家の飼猫ボタが、入院もせずうちで息を引き取ったことが私は嬉しかった。私の母、夫の両親も皆うちで最期を迎えた。それはなぜか明るい記憶だ。不器量でもこの猫は食物の味にうるさい。

毎朝、私たち夫婦が食事をしていると、このボタは「私の分の御飯はいつ？」と言わんばかりに私の足に体をすりつけた。私が料理係だということをちゃんと知っていた。私は鶏肉は湯引きをしてやるし、なまりは魚焼きの網で表面を少し焼いてやる。そうすると冷蔵庫の臭みが取れて香ばしくなるのである。私は毎朝八時近くまではボタに御飯

を待たせた。待つということ、心から餌を求める、ということが心と体の健康の秘訣だと信じていたからである。

『私日記(3)人生の雑事すべて取り揃え』

母の死は私にある種の解放感を与えました。前にもお話したように私の家には夫の両親と私の母と三人の老世代がいたのですが、夫さえ日本に残っていれば彼の両親が急病になっても、親たちの一番望む配慮ができます。息子も成人して、手伝いもしてくれます。ほとんど口をきかなくなってただ寝ているだけの私の実母に関しては、私が全責任を負っていたのですから。その母がいなくなると私は少し心も軽く、僻地へ行かれるような気楽さを覚えました。

『曽野綾子自伝　この世に恋して』

「死ぬに死ねない」という思いを与えてくれるのはできの悪い子なのである

どれをとってみても、いたいたしいほど、老いの肩に、子供の重さがくい込んでいる。しかしそのような苦しみが、時として、その老女の心を支えるのである。（略）もし心配かける子供を持ったら、その子がせめてもの親孝行と思って、親不孝をしているのだと思いたい。「死ぬに死ねない」という思いを与えてくれるのは、心配をかけない子ではなくて、できの悪い子なのである。

『完本　戒老録』

第6章

後始末は早くから始めておかないと難儀する

必要なものはほとんどないし、迷惑は残さない

諦めと禁欲は、すばらしく高度な精神の課題

老年は、一つ一つ、できないことを諦め、捨てていく時代なんです。執着や俗念と闘って、人間の運命を静かに受容するということは、理性とも勇気とも密接な関係があるはずです。諦めとか禁欲とかいう行為は、晩年を迎えた人間にとって、すばらしく高度な精神の課題だと私は思うのです。

『老いの才覚』

「運命に流される」のも人間的だ

私に言わせると、人がその無謀とも見える自分好みの生を選ぶのは、「仕方がない」ことなのである。自分がそこに居合わせたこと、自分が修道女になったこと、あたかも自分の生き方を試すようにエボラが発生したこと。そのすべてが「仕方がなかった」のだ。

この「仕方がない」という状態を受けとめるのはいけない、もしかすると、自分の力

で改変できるかもしれないことを放棄しているという卑怯さの匂いさえする、と言われれば、確かにそうでもある。しかし私にとっては「運命に流される」という姿も大切だ。むしろそれこそ人間的だ、とさえ思う。だから最近、そうした生き方に惹《ひ》かれるのである。

『想定外の老年』

親は何も残さないのが子供孝行

おかしな言い方だが、母が亡くなった時、僅《わず》かばかり持っていたへそくりもちょうど尽きかけた時だった。母が一文なしになっても、私は母の生活を見て、お小遣いを用意することくらいはできたと思うのだが、母はその直前に死んだ。八十三歳だった。

財産でさえうっかり残すと、後に残された遺族は手数がかかる。何も残さないのが、最大の子供孝行だと私は感じている。

『完本 戒老録』

物を整理することは、この世を去るにあたっての最大の礼儀

古い写真をまた一山棄てる。CDも何十枚と棄てる。死ぬまでにどんどん棄てよう。納戸も整理して空《す》き間だらけになった。大切なものは思い出だけ、という実感がある。

『私日記(2)現し世の深い音』

空間が増えるとリフレッシュする

空間が増えるということは、老年の家事労働が楽になることなのである。拭き掃除も簡単になる。探しものもしなくて済む。腰が痛い人は屈まなくていい。嫌な匂いを家の中に溜めず、いつも風通しのいい状態を保てる。

『酔狂に生きる』

衣服などいつも古いものばかり着ていると、老人自身が古びているのだからますます見苦しくなる。時々古いものを捨てて新しい衣服を取り入れ、こざっぱりした暮らしをするのが私の理想だ。

『酔狂に生きる』

跡形もなくこの世から消えるレッスン

私は相変わらずの毎日。理由なく、凄まじくだるいのは続いているが、たちの悪い病気なら、もうとっくに起きていられなくなっているだろう。しかし家の中はますます片づき、ものは減って、朱門のいる部屋など、道場に見えるくらいになって来た。

『Voice』「私日記」2016年8月号

死ぬ準備とは、自分の存在を前にもまして軽くすることだ

ただ私は以前からそうだったのだが、最近はますます静寂が好きになった。自分の性格がやかましい人間だということに少しは羞恥《しゅうち》を持っているような気もする。人生のたそがれに差しかかったから、死ぬ準備をしている面もある。なかなかうまくいきそうにはないが……。死ぬ準備とは、自分の生活や存在を前にもまして軽く軽くするということだ。

自己の認識は、自分の存在をともすれば重く重く見る方向に流れて当然だ。だから軽く軽く見ることができれば、これは一種の軽業になる。

『戦争を知っていてよかった』

死者はいつか忘れられる

太郎へ

（略）

人間の死によってもたらされる一番すばらしいものは何か知ってる？　それは忘れられることなのよ。忘れられるということが、どんなに偉大なことかわかります？　ずっと恨んで覚えていられることだってあり得るんだから、忘れられることはまさに幸福そのものなの。「追悼の行為」みたいなものは一切いりません。お葬式は一応人並みにした方が後が楽らしい。葬儀はしないなどと言ってみても、お悔やみの方が後からばらばら来てくださったりすると、遺族は疲れてしまうんですって。

お葬式をする場合でもお通夜なんてしてはいけません。自分の親が死んだくらいのことで、人を二回も来させるような仕組みにしてはいけない。もっとも今の日本のお通夜というシステムは、お通夜か葬儀かそのどちらかにしか来られない人のためには便利なんだけれど……。葬式は予約してやるものじゃないんだから、いらしてくださらない方があって当然よ。でも葬式だけよ、人を呼んでやっていいのは。一周忌にまで人を呼ぶのが最近の流行だそうだけど、悪い趣味ね。一周忌をやるなら、あなたの家族だけでなさい。他人をそんなに煩わせてはなりません。

まかり間違っても、記念のものを残さないこと。記念碑、文学碑、文学館、死者の名前をつけた文学賞、財団、何もいりません。追悼集もそういう企画が万が一出てきた時は、心から感謝は申しあげて、出さない方が望ましい。

死者が消えなかったら、どうなりますか。地球上、亡霊だらけになってしまう。もし私にいささかの光栄が与えられるとすれば、それはほんの少数の読者の方に、数年の間だけ覚えて頂いて読み継がれることだけです。

どんなに無理をしても、死者は忘れられるの。ことに文学碑ほど、醜悪なものはありません。あれこそ自然破壊の最たるものですよ。それに石に刻まなければ残らないような文学なら、消えた方がいいんだわ。

『親子、別あり』

ほんのり温かな家族に見送られる幸せ

私の知人で、地方のお墓に納骨に行く時、お骨の箱を一瞬駅に置き忘れた家族がいる。

忘れられたのは深く愛され、最期まで温かく看取られた父であった。子供や孫が大勢いっしょだったので、未亡人は子供の誰かがお骨箱を持っていると思っていたのである。ところが、列車に乗る前に気がついてみると、お骨を入れたボストンバッグを誰も持ってはいなかった。

私はこの話が好きだ。亡くなったお父さんも、こんなに朗らかで自然な家族の胸に抱かれて最後の旅をして、「また、やってる！」という感じで、家族のドタバタをスリルと共に楽しんだことだろう。死者が最後に愛する家族に残すべきなのは、この「身軽くて温い記憶」なのである。心身共に、もう残すものはない、という感じほど、死者を送るのに適した状況はないだろう。

『人間の愚かさについて』

私たちは、一人のこらず「生と死の連鎖」の中で生まれ、死んでいく

私はいつも思う。かつて地球が生成してから、どれだけの数の人間が生まれたか知ら

ないのだが、そのすべての人が死んだ。だから地球のすべての土地が、多分誰かの埋葬の地なのである。私たちは死者の墓の上に生まれ、そこで育てられ、そこで終焉の時を迎える。それ以外の運命を生きる人はいない。

「私は一人ぼっちだった」

「私は見捨てられていた」

という人もいる。しかし実はそんな人はいない。すべての人間は、誰かに愛されたから生まれ、誰かと繋がることで育ち、誰かに導かれてこの世を去る。その連鎖の外に出ることはできないのだ。

『人間の愚かさについて』

この世で何のいいこともなかった、という人はまれ

私には何のいいこともなかった、という人もいるかもしれない。しかし、この世で、まったく何のいいこともなかったという人はまれなのである。

どのような境遇の中にも心を開けば、必ず、何かしら感動することはある。それを丹念に拾い上げ、味わい、そして多くを望まなければ、これを味わっただけでもまあ、生まれないよりはましだった、と思えるものである。

『あとは野となれ』

死に関して自殺以外に自分でデザインできるものはない

高齢者は、めいめいで自分の幕の引き方を、自分の好みで決めておくことが大切だろうと思う。私自身は、安楽死も願わない。誰かを積極的に自分の死に立ち合わせることは、気の毒だと考えるからである。しかし私は、もうかなり前から健康診断を受けていない。がんだと言われても、よほど治療の可能性が、簡単な治療で期待できるのでなければ、多分手術も受けない。優秀な医師の時間を、高齢者が奪うのは罪悪だ、と考えるからだ。

私の目下の趣味的な愉しみは、どうしたらできるだけ病院に行かず、したがって健康保険さえも使わないで生きるか、ということなのだ。ところが、健康診断など受けずに自分勝手な生き方をしている人ほど長寿だという説もあって、これも困ったことだと当惑している。

歯を食いしばってものごとをやるという意志の強さは、あまり私にはないのだが、それでも老人には義務が残っていると感じる時はある。それは、自分一人のことだけは、それこそ歯を食いしばってでも自分でやり通して死ななければならない、という決意である。

もっとも自分に皮肉を言えば、決意は決意だけで実行を伴わなかった喜劇的な結末は今までにもずいぶん多かったのだから、これも当てにはできないのだが、それほど健康に問題はなくても、自分の暮らしさえ自立してやっていこうという覚悟のない年寄りも昨今多すぎる。

総じて言えば、昔は私は自分の未来に対してよく計画を立てていた。しかし今は生き方の工夫は必要だと感じても、死に方を考えてはいない。なぜなら、死に関してだけは、自殺以外に私たちが自分でその方法をデザインできるものはないからである。だから考えるだけむだだと諦めたとも言えるし、一人の人間がどのような形で生を終えるかについて、神は多分ご自分の意図をお持ちだろうから、その命令に従うつもりなのである。

『想定外の老年』

誰でも自分は不要と思うとその日から落ち込む

元気な老人から元気を奪いたかったら、何もさせないことだ。人は他人のために役に立っていると思えれば、年齢に関係なく終生現役でいられる。たとえいささかの病気を持っていても元気なのである。自分は不要と思うとその日から人は落ち込む。

そのために、「老後を遊んで暮らす」というのは間違った思想であることを、認識させなければならないだろう。

ただ若い時と違って、老人は体力もなくなるから、毎日は続かないかもしれない。ただし収入は若い時ほどなくても、才覚でカバーできる面もあり、子供も成人しているから大きなお金の使い途も大体終わっている。だから収入の多寡はそれほど問題にしなくてもいいはずだ。ただ自分のささやかな楽しみのための費用くらいは収入としてあると、行動が楽になって、心がのびやかになる、というのが普通の人たちの心境だろう。

『自分の財産』

子供は別の個人という重い認識

子供のない（主に）女性に会うと「あなたなんか将来、子供が面倒みてくれるからいいけれど、私はそうじゃないから」というようなことを言う。将来の一切のことは「こう致します」と断言できる人はいないので、私も何らかの理由で、子供の重荷になり続けて生きることになるかも知れないけれど、年をとった世代の最大の仕事は、若い世代を何とかしてできるだけ自由にしてやることだと思う。だから、予定として、子供の面倒になるつもりだ、ということは、それだけで、老年の願わしい生き方に反することだと私は思っている。

子供は、別の個人だ、という重い事実を、私たちは、早いうちから確認しなければならない。親孝行という言葉はいいものだが、それは親子間の特別な人情や優しさを律するものであって、子供と親が一体であることを示すものではない。

動物が、ごくうまくやっている親子の別れを、どうして人間だけがうまくできないのだろうか。その点の感情の処理については、人間、ことに日本人はかなり下手なように思う。


『私を変えた聖書の言葉』

人とも、物とも無理なく別れられるかどうかが知恵の証

人間が高齢になって死ぬのは、多分あらゆる関係を絶つということなのである。もちろん一度に絶つのではない。分を知って、少しずつ無理がない程度に、狭め、軽くして行く。身辺整理もその一つだろう。使ってもらえるものは一刻も早く人に上げ、自分が生きるのに基本的に必要なものだけを残す。

人は別れて行き、植物ともサヨナラをする。それが老年の生き方だ。そうは言っても、

まだ窓から木々の緑は眺められ、テレビで花も眺められる。
人とも物とも無理なく別れられるかどうかが知恵の証であろう。会うより別れる方がはるかに難しい（私の知人で、三回結婚して三回別れた男性もそう言っていた）。種類を減らし、鉢の数を減らし、鉢を小さくし、水やりと植え替えがあまり要らないものにする。人とも花とも、いい離婚は経験豊かな人にしかできない。

『緑の指』

ものが捨てられなくて、老年になっても家の中が品物で埋まっている、という人の話を聞くと、その気持ちがわからない。私たちは、遺体の始末だけは人にしてもらわねばならないのだが、その他の点では、自分のことは自分で始末していくのが当然のことなのだ。

『酔狂に生きる』

日々、「死までの時は縮まっている」という感覚を持つ

自分が死ぬことを考えただけで、怖くてしょうがないという人は多いでしょう。コヘレトが言うように、「死にも時がある」と腹を括るしかないのですが、たいていの人は「死は遠いところにある」と思い込みたがります。

それで、死をできるだけ遠ざけておこうと、健康のことばかり気にして過ごすようになります。もちろん、健康あっての人生ですが、あまりに執着するのはどうでしょうか。ずっと死の影に怯えて暮らすことになってしまいそうです。

わたし自身はもう、できるだけ医師にかからないようにしています。この年になると、年に一度レントゲンを撮ったり、検査で「それ、病気ですか?」と聞きたくなるような不具合を見つけられたりしても、あまり意味がありません。

それよりも、毎日ちゃんとしたご飯を食べて、寝るべきときに寝て、適当に文句を言うべきことがあったり、嬉しいことがあったり、家で冗談を言えたりするほうが、ずっと健康的だと思っています。ちょっと体調の優れないときだけ、独学で知識を仕入れた

漢方薬を飲むようにしているくらいです。

それはさておき、近ごろは寿命が延びて、百歳を超えて長生きされる方も増えていますが、一方で十代の若さで亡くなる方もいます。自分の晩年がいつになるかは、誰もわからないのです。

確かに言えるのは、日々、「死までの時は縮まっている」ということです。それが明日なのか、何十年も先なのかはわからないけれど、常に「時は縮まっている」という感覚を持つと、それが今日一日を充実して生きる糧になるでしょう。

『幸せは弱さにある』

自分の運命に一生を賭ける生き方

私は友達運が本当に良かった。偉大な仕事をした人たち、私が現代の英雄だと思う人たちにもたくさん出会ってきました。

その一人がインド人の七十一歳の神父です。一生をかけてスラムの子どもたちを支援してきた人です。

二〇一一年七月、私が代表を務めるNGOの援助先を視察するためにインドを訪れ、この神父に再会したんですが、三年前からパーキンソン病にかかり、「燃え尽き症候群」にもなっていると打ち明けられました。

美しい夕焼けの中で一つの人生の終焉《しゅうえん》が近いことを告げられて悲しかった。日本で休養されるようお誘いし、伊勢神宮へお連れする約束をしました。それが最近、私に軽い膠原病《こうげんびょう》（シェーグレン症候群）の徴候が出るようになってしまって果たせないのが辛いですけどね。

人生の残りの時間を、この神父さまのような、本当に尊敬する人たちと分かち合いたいと思っています。その人たちに共通した特徴は、皆、自分の運命に一生を賭けたということですね。しかも安楽な道ではなかったのに。

『曽野綾子自伝　この世に恋して』

第7章

死のその時まで学びつづける

自分はどういう使命を帯びて
この世につかわされたのか

死を思い、常日頃死に慣れ親しむ

死を思い、死に常日頃馴れ親しむ、ということは、人間の義務である。

『最高に笑える人生』

私は旅に出ても、すぐ墓地を歩きたがる。墓碑銘を一つずつ読み、会ったこともないその人の生涯に思いを馳《は》せる。静かな会話の時間である。

『三秒の感謝』

悲しかったり、無為だったり、恐怖そのものだったりする日常的な話を、私は生涯にたくさん聞いた。どの話も、それなりに私の心を素手で摑んで揺さぶるような響きを持っていた。それは善悪や美醜などを超えた、或る必然的な存在感に満ちていた。私はその現実の前に頭を垂れ、その圧倒的なドラマに私が加えてもらったことに感謝した。

『晩年の美学を求めて』

飾らない自分を差し出す

人生の終わりに差しかかる頃、銀行の預金通帳を眺めるのが趣味という人もいるだろうけれど、それよりも自分にはどんなすばらしい人との出会いがあったかを思い返すのではないかと私は思う。人との感動的な、時には小説的なとさえ言いたい出会いがあったことを豊かと言うなら、私の思い出の貯金通帳も相当な高額になっていると言ってもいいのである。

どうしたら人と、感動的な出会いができるかと言うと、それは差し出すものが多い場合である。差し出すものはお金やものではない。自分をさらけ出すことだ。そしてそのためには、わずかでもさらけ出せるほどの自分の内容、いささかの表現力、誠実と勇気もいるかもしれない。

年を取って、もはや恐れるべきものも段々と少なくなった時、人は誰でもこの姿勢が取れるようになる。若い時にはまだ世間をはばかり、常識にとらわれ、権威を恐れているから、自分をさらすことなどとてもできない。
人生の終わりはいつ来るかしれない。若い人ならうんと先だという保証もない。だから私は、平凡なイタリア人が、ほとんど毎日のように「なんて私の生涯は豊かだったのだろう」と言い続ける日々を羨むのである。

『生きる姿勢』

死の日まで日々を濃密なものにして終わる

最近ではがんの患者に対して、主治医が死の告知をするケースも多くなったという。患者サイドから見ても、そうされることを望む人が増えたということだろう。一つには、人は死ぬまでにすることがある。死期を宣告されただけで、がっくりして何もできなくなってしまう人もいるだろうが、多くの人は、やはり気丈に自分が果たすべき役割を少しでもやり抜いて終わろうとするからである。つまりそのために、死の日までの有効性ははるかに増し、日々は濃密なものになるのである。

『誰にも死ぬという任務がある』

死もまた一大事ではない

上坂さんが自分には最後にやらなければならない大きな仕事がある。それは死ぬという仕事だ、という名言を吐いたのに対して、私が、「死ぬことを大仕事と捉えてはいけないと思う。死ぬというのは、自分で自由にならない行為だから」と言っている。それに対して上坂さんは、「でも、自分にとっては大仕事じゃない」と答えていることだ。

主観的には上坂さんの言う通りである。誰でも、臨終で最も気になるのは、その最後の時間をうまく乗り切れるかどうかということだ。

苦痛は自分にとっての一大事である。

それはわかっているのだが、私は昔から、自分の身に起こるすべてのことは、もちろん死をも含めて、すべて「人並み」な苦労の範囲であって、決して一大事だと思ってはいけない、と自分に言い聞かせていた。

与えることで最も美しいものは……

ただ黙って受けるだけなら、子供と同じです。もし、「ほんとうにありがとう」と感謝して受けたら、与える側はたぶんうれしい。お茶を一杯入れていただいて、何も言わずに当然のように飲むのと、「あなたのおかげで、今日はおいしいお茶が飲めました」と言うのとでは、相手の気持ちが全然違うでしょうね。

与える側でいれば、死ぬまで壮年だと思います。おむつをあてた寝たきり老人になっても、介護してくれる人に「ありがとう」と言えたら、喜びを与えられる。そして、最終的に与えることができる最も美しいものは、「死に様」だと思っています。子供たちは今、死ぬということを学ぶ機会があまりないから、それを見せてやることだけでも大した仕事だと思います。死後、臓器の提供や献体を希望する人もいるでしょう。どんなによぼよぼになっても、与えることができる人間は、最後まで現役なんですね。

『老いの才覚』

明日死ぬと決まったとき、何をするか

死への思いが日常必要だと思うのは、死の概念がないと私たちは自分が本当に何をしたいかがわからなくなるからです。もし明日私は死ぬのだと決まったら、人間は何をするでしょうか。あるいは、地球が壊滅するのが、一か月先だとなった時、私たちは今と同じ行動をとるでしょうか。もちろん例外はたくさんありますが、一か月後に地球がなくなるという時に、よその会社の株を買い占めに狂奔したり、大豪邸を作るのに夢中になったり、子供をぜひあの学校に入れたいなどとは思わなくなるでしょう。

『旅立ちの朝に』

ここまで来て急ぐことはない。ゆっくりと遅いほどいい

もはや、急ぎ足に何かをする時ではない。

急ぐことは、老齢に何のいい結果ももたらさない。残り時間は少ないのだが、人生のレールは敷かれているのだから、ゆっくり、怠けず続けるだけで充分である。

老人のあらゆる心身の事故は急ぐことから起きる。眠れない時すら、急いで眠る必要はない。急いで眠ろうとして睡眠薬を飲めば、運動神経のマヒが足に来る。足がもつれれば、転んで骨折する。

ここまで来て何を急ぐのか。老人が約束の時間に多少おくれたからといって文句を言う人はあまりいないであろう。

電車が来ているからといって駆け出してはいけない。電車は必ず次に来るのに乗ればいいのである。一電車待つことによって、その間に世間を、若い娘を、おもしろい風俗を、その他あらゆるものを見ることができる。急ぐより待つほうがいい。

若い時こそ、急がねばならなかった。

先があるからといってテレビばかり見ていたら、どちらへ歩いて行くのか方向さえ決められないのが青春というものである。
しかし老年は違う。老年は一歩一歩、歩きながら味わうことのできる年なのである。その意味では、誰もが芸術家である。老人になって俳句や和歌を作り始める人が多いのは、そのせいなのである。
急ぐことはない。ゆっくりと遅いほどいい。

『完本　戒老録』

相手の心がわからぬままに死んで行くのもまたいい

私たちは相手を完全に理解することなく付き合い、心の奥底までをわからないままに死んで行く。その虚しさを、私は最近、自然で優しい関係だと思うようになったのだ。

『生きる姿勢』

最後の瞬間までその人らしい日常性を保つのが最も望ましい

先日一人のドクターから、いい話を聞いた。その末期癌の病人は、娘が夫と転勤した土地で新たに作った家のことがしきりに気になっていた。できれば行ってみたい。しかし今までの常識的な医療体制の中では、とてもその地方まで旅行することは許されない。

しかし主治医は「行ってらっしゃい。行けますよ」と言ってくれた。もちろん詳しいことは私にはわからないけれど、痛み止めなどできる限りの方策は用意して出たのであろう。

とにかく喜びは人に元気を与える。病人は、娘の家で幸せな数日を過ごした。恐らく孫とも話し、家族で食卓を囲んだであろう。

もはや一口も食べられなかったかもしれないが、家族の団欒とは実際に食べる食べないではないのだ。

その人は病院に帰った翌日に亡くなった。

そこにあるのは「よかった」という思いだけである。「何てすばらしい最期の日々だったのだろう」とその話を聞いた人は思う。娘の家に行くのはそもそも無理なのに、主治医が許可したから病人は死期を早めた、などと訴えたりは決してしない。それどころか、主治医の勇気ある決断に感謝を惜しまないのが家族の人情である。

音楽の好きな私の知人も癌を患っている。体力は落ちているが、音楽会に行きたい、という思いは抜けない。

「いらっしゃいよ」と私は言っている。少し痛み止めが効いているからぼんやりしている、とその人は不安がるが、眠くなれば眠ればいいのだ。万が一、音楽を聴きながら死ねたら、最高の死に方だ。人は最期の瞬間まで、その人らしい日常性を保つのが最高なのである。

『人生の収穫』

自然、書物、絵画、音楽、あらゆるものが死を想わせるためのもの

ほんとうはあらゆる見事な激しい自然、あらゆる書物、あらゆる絵画、あらゆる音楽

が、死を想《おも》わせるためのものなのだ。だからそれらから、誰の干渉も受けず死を考えるのが一番うるわしい。しかし死を考えないことと死を考えることを教えないことは、年長者の恥ずべき怠慢なのである。

『二十一世紀への手紙』

人生を潔く手放せる生き方

或る年になったら、自然死を選ぶという選択がそろそろ普通に感じられる時代になっている。これは自殺ではない。ただ不自然な延命を試みる医療は受けない、ということだ。そして万物が、生まれて、生きて、再び死ぬという与えられた運命をごく自然に納得して従うということは、端正で気持ちのいい推移なのである。

それには、いつも言うことだが、その人の、それまでの生が濃密に満ち足りていなければならない。思い残しがあってはならず、自分の辿《たど》った道を「ひとのせい」にして恨んではならない。人は老齢になるに従って、具合の悪いことを他人のせいにしがちだ。

死ぬまで人生の舵《かじ》を取る主《あるじ》は自分だったと思える人は、或る時、その人生を敢然と手放せるはずである。

『誰にも死ぬという任務がある』

不死は拷問である

人生も有限なのだから、いつかは自然に死ねる。無限に耐えねばならないのは大変だが、死による解放が約束されている現世は、貴重で気楽だ。自分で死ななくても、いつかは必ず死ねる。自殺をしようと思う人に捧《ささ》げる言葉はこれしかない。

『立ち止まる才能』

死ぬまでの時間を有意義にする三つの鍵

いつも喜び、絶えず祈り、どんなことにも感謝する。この三つの鍵を使えば、必ず死ぬまでの時間は有意義になります。

『幸せは弱さにある』

与える側でいれば、死ぬまで壮年だと思います。おむつをあてた寝たきり老人になっても、介護してくれる人に「ありがとう」と言えたら、喜びを与えられる。そして、最終的に与えることができる最も美しいものは、「死に様」だと私は思っています。

『老いの才覚』

人生の理解など一生かけてもなしえない

私はかつてずいぶんと人間の心が分からない女であった。実際の目も近視だが、心理的にもひどい近眼であった。私はたくさんの人たちを誤解し、表面でだけで判断し、急いで結論を出そうとした。

しかし何年か経って、その人に会ってみると、私はたいていの場合、かつてその人に対して自分がなにも見ていなかったのだという思いに捕えられた。

たった一人の人間の、そのまた一部を見る事でさえ、普通の場合、それだけの手間暇がかかるのである。多くの場合、私はその人の隠れた持味に感動し、ごく少数の場合見えなかった一面を見て少しがっかりする。それらの事は望ましい事なのか、どうかさえも分からない。

人生の理解という事を、恐らく、七、八十年かけてもなしえないままに人間は死ぬのである。東大に入るための勉強などというのは、学問でも教養でもない。それは恐らく勉強という名の職人芸なのである。


『絶望からの出発』

現世で生きる姿を、私はいつも植物から教えられて来た

草木の生死の姿を見ていると、人間も同じでなければならない、と思う。人の死だけがどうして悲惨で悲しまねばならないことがあろう。殊に私たち日本人のように、充分

に食べさせてもらい、教育を受け、社会と国家の保護を受け、世界的な長寿の恩恵を受けた後では、生を終えることを、少しも悼《いた》んではならない。

植物は無言だけれど、現世で生きる姿を、私はいつも植物から教えられて来たのである。

『緑の指』

最後まで魂の部分で「人間」をやり続ける

フランクルは『夜と霧』で、アウシュヴィッツの絶望の中で、中庭に咲く一本のカスタニエンの木に咲く花を待ちながら死んでいった一人の女性を描いている。その人は、強制収容所に入れられる前は、現世の名誉も豊かさもすべてもっている人だった。強制収容所で、彼女はそれらのすべて、健康と未来までも失った。

しかし花が咲くことに希望を託したその視線は、みごとに人間であり続けた証左だった。

高齢者にも恐らく同じ原理が当てはまると思う。見事に最後まで、魂の部分で人間をやり続けることが、感謝の印なのである。

『自分の財産』

第8章

もういいだろうと言って死にたい

自分らしく「よく生きた」と納得して旅立つ

神は与えられた以上の能力は要求なさらない

高齢者が年取って体も弱り、疲れ果てて始終居眠りをするような光景には、私は逆に祝福を感じている。

そういう人たちも、壮年の頃は、家族の運命の中心に立って働いていたのだ。時には運命に対して戦いもしたのだ。しかし人間の体は次第に、そのような緊張に耐えられなくなる。すると、外界の変化がどのようになろうと、眠ってしまうのだ。

その時には、おそらく神が、「もう、闘わなくていいのだよ。緊張していなくていいのだよ。安らかに、時間を受け止めなさい」という許可をくださっているのだと思う。

与えられた以上の能力を、神は人間に要求なさりはしない。できる時には励み、できなくなったら祝福に包まれて休めばいい。それが私の考える人間らしさだ。

『幸せの才能』

楽しかったこと、辛かったことを思い続ける

死がなければ、木も風も、星も砂漠も、あんなに輝いているとは思えないだろう。永遠に生きるという運命がもしあるとしたら、それは恩恵ではなく、これ以上ないほどの重い刑罰だ。ほどほどのところで切り上げられるのが死の優しさである。その時期はまあ、自分ではない誰かが決めてくれるのだから、これまた無責任で楽なものだ。

前にも書いたけれど、死に易くする方法は二つある。一つは毎日毎日、楽しかったこと、笑えたことをよくよく覚えておくことだ。私の家庭は自嘲を含めてよく笑っているから、種に事欠かない。

もう一つは、正反対の操作になるが、辛かったこともよくよく覚えておくことだ。死ねば嫌なことからも逃れられる。もう他人に迷惑をかけることもない。私が他人に与えた傷も、私の存在が消えると共に少しは痛みが減るだろう。考えてみるといいことづくめだ。こんなふうにずっと思い続けているのだが、だからといって決して悟ったと思えたことなどないのである。

人生は初めから終わりまで「過程」である。そこにその時々によって儀礼的なものが加わる。途上国の部落では、いろいろな通過儀礼が行われると、ものの本で読んだことを切れ切れに覚えている。青年たちだけが集まって暮らす家で共同生活をしたり、高い崖《がけ》や樹から足を縄で縛って飛び下りたり、割札のような外科的処置を受けたり、それぞれ当人にとってはいささか過酷な試練をへなければならない。

先進国でもそれに似たことはある。入試のための受験、経済的独立という重荷、出産、老いた親の世話などである。こうした要素のない人生も、地球上にはないのである。死はその最後の一つだと考えると、それを避けようとするような悪足掻《わるあが》きはしなくなるだろう。

むしろ死は、通過儀礼に参加することなのである。死は誰にでもでき、誰でもがそのことで後の世代の成長に資することができる。

『誰にも死ぬという任務がある』

幸せも哀しみもすべて仮初《かりそ》めの幻のようなもの

妻と過ごす生活を楽しんでもいいのだ。泣くほどの辛いことがある時、泣いてもいいのだ。嬉しさに舞い上がりそうな時は、舞い上がってもいいのだ。すべてのことにかかわってもいい。しかしそのすべては仮初めの幻のようなものだから、深く心に思わないことだ、とパウロは警告したのである。

『中年以後』

沈黙こそが魂を鍛えてくれる

沈黙に耐えられない人間というのはろくなことがない。第一、自分を深く考える時間がない。話すことは、会話の中で相手を見たり、自分の位置を決めたりすることですが、沈黙は誰と比較するのでもなく、自分はどうなのか、神の前で考えることですから。他人の魂の静寂も侵さない。沈黙に耐えられないと、刑務所の暮らしもできないでしょうね。

『曽野綾子自伝　この世に恋して』

「いつか死ねる」と思うとたいていのことは耐えられる

私はまた時々、魔法使いのおばあさんが出て来て「何でもあなたの希望を一つだけ聞いてあげる」と言い、私がついうっかりその手にのって「いつまでも死なないように」などと頼んでしまった時のことを空想する。つまり私はどうしても死ねなくなったのだ。友達が皆いなくなっても、家族が死に絶えて一人ぼっちになっても、嫌なことが続いても、地球が末期的様相を示すようになっても、とにかく死ねなくなったのだ。これこそ最高の刑罰ではないだろうか。

それを思えば、この年まで生きて、適当な時に（これはいつが適当かわからないけれど）死ねる保証を得ている、などということは、最高に幸福な状態だと言える。嫌なことは、いつか必ずおさらばできるのだから。

『人生の収穫』

終わりよければすべてよし

人生の終わりになって、死を恐れる人は多い。宗教家の中にさえ死を怖がる人もいる、と非難する人もいるが、私は当然だと思う。むしろ「信仰があっても死は怖いですね」という人の方が、自然で正直でいいと思う。

私はまだ死の告知を受けたことがないので自信を持って「私は平気です」などとは言えないのだが、それでも時々、万人が必ず終わりを迎えるのは平等だし、何より楽になるのだから、いいことだなあ、と思うことはある。終わりがあればすべて許されるのだ。他人の世話でも、性格の合わない人との同居でも、期限がはっきりしていればそれほど辛いことではない。自分の性格が悪くても、家族に「まあ何十年かの間、迷惑をかけます」と言えるのは、死があるからである。歴史上の人物は、たいてい傍にいたら耐え難いめんどうな性格だろうが、彼らがおもしろい人物、愛すべき存在となり得るのは死んだからである。

『人生の原則』

死ぬということは、いいことなんです。畑仕事をしていると、それがよくわかります。間引きによって生命を失った個体のおかげで、残った葉っぱがすくすくと育つ。死は新しい生につながっていく。新しいものを生み出すことでもあるんです。(略)

人生もまた同じです。終わりをきれいに考えないと描けない。一番大事なのは、終わり。終わりが素敵なら、それまでが少々みっともなくたって、いいような気もします。

『夫婦のルール』

自分の最期の時を知らせて欲しい

臨終の苦悩の中で、私は自分を完成する力を残しているなどとはとうてい思えません。

私はただ、痛みや苦しみにうちひしがれ、多分世を呪《のろ》い、看護してくれる人に対して当たりちらしたりして死ぬのではないかと恐れています。しかし、それでも仕方がないのでしょう。それが私だったのですから。そしてそういう場合、私の周囲の人は「やっぱり、あの人はだめな人だったわね」などと言うかもしれませんが、神さまだけは、私が苦しみに雄々しく立ち向かえずに、弱さをさらけだしたとしても、大《たい》して非難なさることはないだろうと思うのです。しかし、いずれにせよ、人間が自分の最期《さいご》の時を知らされないということは、詐欺《さぎ》罪、過失致死罪、人権無視と同じかもしれません。素人《しろうと》はどうも適当な言葉を使えませんが、とにかく犯罪だと、私は思います。

『旅立ちの朝に』

自分の死は誰かを生かすためにある

科学の方では、遺伝子治療や新薬の開発で、人の命はますます長くなるかもしれない。しかし人の命を長くする研究をするならば、同時に果たしてそれで人は幸福になるのか、という研究も同時に進めることが大切であろうし、義務であるという気がする。平たい言葉で言えば、地球上の高齢者には、他人のため、若い世代のために、死んでやる義務があるのだ。それだからこそ、私はむしろ死を受け入れられる、のだと感じている。死という、人間の最後の、一見むだな結末が、他人のためになるというのだったら、死んでも意味がある、と思えるようになる。

『安逸と危険の魅力』

人生の最後に孤独と絶望を体験しない人は人間として完成しない

私が不思議なのは、人は人生の最後に来て、どうしてもっと深く絶望しないのだろう、ということだ。七十年も八十年も生きて来て、まだこの世はいい所である筈だ、とか、息子や娘だけは自分を捨てないだろうとか、甘いことを考えているのが信じられないのである。この世ではどんなことでも起こりうるのだから、いちいち驚かず、ただ憎しみを最小限度に抑えて暮らす方法を考えたらいい。

捨てたいというのが息子や娘なら、捨てられてやればいい。財産を失って、路頭に迷うなら、それもいい体験というものだ。その結果、一層悲惨な生活を送らねばならなくなったら、きっと早く死ねるという幸運がある。

孤独と絶望こそ、人生の最後に充分に味わって死ねばいい境地なのだと、私は思う時がある。この二つの究極の感情を体験しない人は、多分人間として完成しない。もちろん誰もが、端然とみごとにそれに耐えるわけではない。我々の多くが、そこでたじろぎ、泣き言を言い、運命を呪う。しかし、だからと言ってその境遇が異常だということでもないし、その人が人並み外れた不幸に直面しているのでもないのである。人生の原型は不幸が基本なのである。

『昼寝するお化け』

持っているお金は使い切る。あとは知ったことではない

実際に、老人の間で常に問題になるのは、自分の持っている金をどのようなテンポで

使っていったらいいかということである。早く死ぬつもりが、長く生きすぎて一文なしになって余生を送らねばならぬと困る、という口実のもとに、爪《つめ》に火をともすようにして、倹約して暮らし、ついに自分の貯《たくわ》えた金の恩恵をまったくこうむらずに、何もしてくれなかった甥《おい》や姪《めい》に残して死んでいく老人がいかに多いことか。それは滑稽《こっけい》である。

九十まで生きるつもりで、それで使いきるように計算をして、あとは、私の知ったことではない。それだけ生きれば、あとは道へほっぽり出されてもいいではないか。

『完本　戒老録』

そっと人目のつかぬところで重荷を下ろす

老年や晩年の知恵の中には、荷物を下ろすということがある。達成して荷を下ろすだけではない。未完で、答えが出ないまま、終着地点でなくても荷物を下ろす時がある。普通人間は荷物を下ろす時には、必ずその目的を達成し、地点を見定めて下ろすものなのだが、死を身近に控えれば、そのような配慮はもう要らなくなる。

そっと人目を避けて木陰で荷物を下ろせば、爽やかな微風がきっと私たちの汗ばんだ肌を、優しく慰めてくれるものなのだ。

『晩年の美学を求めて』

生が充実していると死にやすい

結局、死なない人は一人もいないのだから、死ぬまでに何を成しうるかということなんでしょう。何でもいい、死ぬ前にどれだけ自分が関心があることをできたか、という貯蓄が要るんです。やっぱり、生が充実していると死にやすくなりますね。

『週刊新潮』「特集　医学の勝利が国家を亡ぼす」２０１６年５月号

しかし限度は少しも惨《みじ》めなことではない。その人が何をして生涯を生きるかには、その人が望む部分と、神によって命じられる部分とがある。その接点で生きるのが、一番いい生き方なのだ。そういう考え方だから、怠けるわけではないが、生き方に無理をしなくなるのである。
伸び伸びと無理をせず、自分の人生をできるだけ軽く考えることに馴れれば、血圧も下がるであろう。何より、かっとしたり、恨みを持ったりしないと、淡々と人生が遠くまでよく見えて来て楽しくなる。悲しいことがあっても楽しくなれるのである。納得は感謝につながることも多いし、人生の明るい側面を見ることができる人も増えて来る。

『それぞれの山頂物語』

人生は、うまくいかなくてもともと

私はあきらめだけはいい、と言いましたが、何かを始める時はいつも、「断念する」という選択肢を最初から用意しています。最後は、あきらめなくてはならない。最悪の場合は、失意のうちに死ぬのが人間の運命というものだ、と考えています。実際に、そういう例はざらにありますから。

『なぜ子供のままの大人が増えたのか』

死ぬ時、一生で楽しかったと思うのは、ささやかなことに対してであろう

長いようでいて、八、九十年の一生は短い。私が死ぬ時、一生で楽しかったと思うのは、恐らく偉大なことではなく、ささやかなことに対してであろう。一晩中苦しんで眠れなかった翌朝に朝露を見たこと、悲しかった時に夕陽に照らされたこと、自信を失いながら風に吹かれたこと、手をとってもらったこと、ある人から一生に一度も裏切られなかったこと、笑って別れたこと、一言も言わなかったこと、浅ましいケンカをしたこと、疲れて眠ったこと、尊敬を覚えたこと、などであろう。自分の小説のことなどは出てこないだろうという気がする。私がいい作品を書いていないから、ということもあるだろうが、作品は所詮、人間ではないからである。

死刑囚の最期に立ち会う教誨師《きょうかいし》によれば、死刑執行の当日になってじたばたするのは、子供のない人だという。後に心を残して死なねばならぬ子持ちこそ、本当は死にたくな

いといって騒がねばならないのだろうが、それが逆になるのは、子供のない人は自分が死ねば後に何もなくなる、と思うからなのである。

子供を産めばいいというものではない。子供がなくても人間として与えて生きた人は、すでに彼が生きてきた証《あかし》を、後世に伝えたという自覚を持てる。最後の日にその人はなすべきことをした安らぎのうちに死ねるのである。

『人びとの中の私』

どう死ぬか、結局は自分で決めていいのです

結局のところ、老いも死も、人間が人生をいかに解釈するかに尽きるんですね。希望はみな違っていてかまわないし、それに対して妙な規則を適用してもいけない。明らかな犯罪は別として、一人ひとりが自分の自由の範囲においてどのように生き、どう死ぬか、各々の勝手で決めていいのです。自分の考えと合わないから、社会の風潮や傾向と違うから駄目だと決めつけ、顕微鏡を覗くような狭いカテゴリーで批判してはいけません。

『人間の基本』

祝福される死に感謝する

修道者たちはほとんどお互いの死を悼《いた》まない。それどころか、「おめでとう」という言い方さえするのである。それは、すでに充分に来世に行くための準備をして、苦しみからも逃れ、神のもとにいられるのだから、生きていたころの寂しさからも、苦痛からも、憎しみからもすべて解き放たれている。そのような状態に対して、どうして悲しんだり、悼んだりする必要があろう、という考え方である。

『時の止まった赤ん坊』

神様、仏様からの贈り物

ある時、老いた母が死の床にいた。息子はもう長い年月、会いにも来なければ、電話一本もかけてこない。こういう不思議な子供が、最近の世間にはうんと増えている。

老母は死ぬまでに、一度でもいいから、息子が会いに来てくれることを願っている。今までのことをなじる気持ちなどさらさらない。もし会えれば「元気だったの？」と尋ね、「仕事はうまくいっている？」と気にかけ、孫のことを「今度何年生になったんだっけ。お勉強は何が好きなの？」と聞こうと思っている。小遣いを入れた封筒も渡してやりたい。しかし息子は、そうした老女の最期の願いを叶《かな》えてやる気配はなかった。

そんな話は、世間の至る所にある。私たちは誰でも、思いを残して死ぬのである。こちらが愛し続けていたなら相手のことはどうでもいい。こちらが憎むようになったらそのほうが悲惨だ。

しかし最後の数日に、思いもかけない救いが現れる。病人の幻覚の中で、冷酷な息子が会いに来たのだ。孫を連れて……。その人の娘が、私に打ち明けてくれた話だ。これこそ幻の「断層現象」なのである。

「兄が母の見舞いになど来るはずはないんです。私たちは兄の正確な住所さえ知らないんですから。でも母は兄が会いに来てくれた、と言い張って亡くなりました」

親に冷たかった兄は、娘にとってはいまいましい存在なのだ。それなのに母が精神的な錯乱状態の中で、兄をいい息子だと思って死んで行ったことが許せないのだろう。しかしそれでいいのだ、とこのごろ私は思うようになった。その錯覚こそ、私流に言うと神さま仏さまの贈り物なのだ。

『人は怖くて嘘をつく』

妻に、君を愛しているよ、という時間を与えて欲しい

私が最近、心を打たれたのは二〇〇〇年八月十二日バレンツ海で沈んだロシアの原子力潜水艦《クルスク》の乗組員ディミトリー・コレスニコフ海軍大尉が残した遺書である。

彼は《クルスク》に乗り込むために家を出る前に、妻のオルガに当てて、まるで自分の運命を予測していたような一つの詩を書き残していた。

「私の死の時が来たならば、

今はそのことを考えないようにしてはいるけれど、
妻に、
君を愛しているよ、
という時間を与えて欲しい」
このコレスニコフ大尉が、沈没した潜水艦の中でも最後の記録を綴っていた人だということになっている。艦内の短い記録は紙の両面に書かれており、片面は妻への言葉、片面は事故に関する技術的な報告だった。

『至福の境地』

私たちの命を含むあらゆるものは、一時的に神から貸し出されたものなのです

わたしたちが持っているもの——命も、家族も、悲しみも、喜びも、物も、この世とのかかわりも、すべてがやがて時の流れのなかに消えていく。永遠に自分のものである

ものなどないのです。爽やかな儚《はかな》さです。

こういうふうにみんなが認識できれば、何かを得るための争いや犯罪は減るでしょう。得られない苦しみや、失ったときの悲しみも少しはなくなるでしょう。生に対する執着も弱くなって、死への恐怖も薄れるでしょう。

命を含むあらゆるものは、一時的に私たちに貸し出されたものです。わたしたち人間は小心だからこそ、あらゆるものを得た瞬間から、失うときの準備をしておいたほうがいい。弱い自分を救うためにも、わたしはそう思うことにしています。

「明日、最期の日がきてもいいように、今日一日を自分らしく生きなさい。明日からは、もう何も失うものはないのだから」

わたしにはパウロがそう言っているように思います。

『幸せは弱さにある』

出典著作一覧（順不同）

《書籍》

『それぞれの山頂物語』講談社
『老いの才覚』ＫＫベストセラーズ
『至福の境地』講談社
『言い残された言葉』光文社
『夫婦、この不思議な関係』ワック
『晩年の美学を求めて』朝日新聞出版
『なぜ子供のままの大人が増えたのか』大和書房
『誰にも死ぬという任務がある』徳間書店
『完本　戒老録』ワック
『現代に生きる聖書』祥伝社
『透明な歳月の光』講談社
『思い通りにいかないから人生は面白い』三笠書房
『人生の原則』河出書房新社
『夫婦のルール』講談社
『貧困の光景』新潮社
『生きる姿勢』河出書房新社

『我が家の内輪話』世界文化社
『夫婦口論』扶桑社
『幸せは弱さにある』イースト・プレス
『幸せの才能』海竜社
『響き合う対話』佼成出版社
『老境の美徳』小学館
『人は怖くて嘘をつく』扶桑社
『老いのレッスン（2）』佼成出版社
『この世の偽善』ＰＨＰ研究所
『人間関係』新潮社
『弱者が強者を駆逐する時代』ワック
『自分の財産』扶桑社
『不幸は人生の財産』小学館
『日本人はなぜ成熟できないのか』海竜社
『人間にとって成熟とは何か』幻冬舎
『緑の指』ＰＨＰ研究所
『中年以後』光文社
『旅立ちの朝に』新潮社
『人間の愚かさについて』新潮社
『想定外の老年』ワック
『生活のただ中の神』海竜社
『三秒の感謝』海竜社
『曽野綾子自伝　この世に恋して』ワック
『昼寝するお化け』小学館
『生きるための闘い――昼寝するお化け（第5集）』小学館

『二十一世紀への手紙』集英社
『聖書の中の友情論』新潮社
『安逸と危険の魅力』講談社
『別れの日まで』新潮社
『戦争を知っていてよかった』新潮社
『冬子と綾子の老い楽人生』朝日新聞出版
『立ち止まる才能』新潮社
『最高に笑える人生』新潮社
『酔狂に生きる』河出書房新社
『続・誰のために愛するか』祥伝社
『仮の宿』ＰＨＰ研究所
『親子、別あり』ＰＨＰ研究所
『人びとの中の私』海竜社
『曽野綾子の人生相談』いきいき
『さりげない許しと愛』海竜社
『人生の収穫』河出書房新社
『なぜ人は恐ろしいことをするのか』講談社
『人間の基本』新潮社
『私日記（２）現し世の深い音』海竜社
『私日記（３）人生の雑事すべて取り揃え』海竜社
『あとは野となれ』朝日新聞社
『私を変えた聖書の言葉』海竜社
『絶望からの出発』ＰＨＰ研究所
『時の止まった赤ん坊』海竜社

《新聞・雑誌　連載》

『産経新聞』コラム「透明な歳月の光」２０１６年４月13日
『産経新聞』コラム「透明な歳月の光」２０１６年６月29日

『週刊ポスト』「昼寝するお化け」２００９年１月16・23日合併号
『週刊ポスト』「昼寝するお化け」２００９年６月５日号
『週刊ポスト』「昼寝するお化け」２０１４年３月21日号
『週刊ポスト』「昼寝するお化け」２０１６年４月29日号

『週刊現代』「自宅で、夫を介護する」２０１６年10月29日号
『週刊現代』「自宅で、夫を介護する」２０１６年11月12日号

『Ｖｏｉｃｅ』「私日記」２０１６年８月号
『Ｖｏｉｃｅ』「私日記」２０１６年９月号

《雑誌》

『週刊新潮』「特集 医学の勝利が国家を亡ぼす」２０１６年５月号

※本書は以上の出典から抜粋して、一部、加筆修正のうえ構成いたしました。――編集部

曽野綾子（その あやこ）

1931年東京生まれ。作家。聖心女子大学文学部英文科卒業。『遠来の客たち』（筑摩書房）が芥川賞候補となり、文壇にデビューする。1979年ローマ教皇庁よりヴァチカン有功十字勲章を受章。2003年に文化功労者。1972年から2012年まで、海外邦人宣教者活動援助後援会代表。1995年から2005年まで、日本財団会長を務めた。

『無名碑』（講談社）、『天上の青』（毎日新聞社）、『老いの才覚』（KKベストセラーズ）、『人生の収穫』（河出書房新社）、『人間の愚かさについて』（新潮社）、『人間の分際』（幻冬舎）、夫で作家の三浦朱門との共著『我が家の内輪話』（世界文化社）『私の危険な本音』（小社刊）など著書多数。

死ぬのもたいへんだ

二〇一七年五月十五日　第一刷発行

著　者　曽野綾子
編集人　阿蘇品蔵
発行人
発行所　株式会社青志社
〒一〇七-〇〇五二　東京都港区赤坂六-二-十四　レオ赤坂ビル四階
（編集・営業）
TEL：〇三-五五七四-八五一一　FAX：〇三-五五七四-八五一二
http://www.seishisha.co.jp/

印　刷　慶昌堂印刷株式会社
製　本

ISBN 978-4-86590-045-3 C0095

〈青志社・好評既刊〉

曽野綾子の本

私の危険な本音

本体価格 880 円＋税

自分の不幸を特別と思わないほうがいい――。
命は尊く、人生は重い。
されど「たかが人生」

人としての「生きる心得」を提言した至高の全七章

第1章 **覚悟の育て方** 私たちは生かされ生きている

第2章 **日本人を蝕むもの** 日本社会に約束された荊の道

第3章 **教育という生モノ** 少々お腹にあたって痛い思いをさせる

第4章 **ほどほどの忍耐と継続** この世は良さと悪さの抱き合わせ

第5章 **歯応えのある関係** 人のために犠牲を払う

第6章 **人間としての分を知る** 人生の原型は不幸と不平等

第7章 **大人の老いの心得** 神の贈り物として孤独と絶望を味わう